AF281321

Anna Gasthauser

Hunger
Eine Motel-Horrorstory

Anna Gasthauser

Hunger
Eine Motel-Horrorstory

FSC
www.fsc.org
MIX
Papier aus ver-
antwortungsvollen
Quellen
Paper from
responsible sources
FSC® C105338

1. Auflage, Oktober 2024
© Anna Gasthauser

Cover und Illustrationen: Anna Gasthauser

Lektorat: Anke Höhl-Kayser

Bibliografische Information der Deutschen Nationalbibliothek:
Die Deutsche Nationalbibliothek verzeichnet diese Publikation in der Deutschen Nationalbibliografie; detaillierte bibliografische Daten sind im Internet über http://dnb.dnb.de abrufbar.

Impressum
Anna Gasthauser
c/o R. Wolff
Lindenstraße 17
14467 Potsdam

Verlag: BoD · Books on Demand GmbH, In de Tarpen 42, 22848 Norderstedt
Druck: Libri Plureos GmbH, Friedensallee 273, 22763 Hamburg
ISBN: 978-3-7597-7484-2

1

»Hey, Norman Bates, gibst du mir Zimmer 1 oder musst du dort erst noch die zerstückelte Leiche des letzten Gastes beseitigen?«

Was? Irritiert blickt David die Frau an, die gerade zur Tür hereingekommen ist. Sie trägt eine fleckige Jeans und ein dunkelgraues, löchriges Männershirt. Ein paar ihrer wirren Strähnen sehen verfilzt aus und ihr schwarzes Augen-Make-up ist verschmiert, als hätte sie geweint. Aber sie wirkt nicht traurig. Sie lächelt ihn an.

Dicht vor dem Holztresen bleibt sie stehen, seufzt und wischt sich den Schweiß von der Stirn. Sie ist ein Stück kleiner als David und ungefähr in seinem Alter. Sie sieht müde aus. Wie jeder, der nach der langen, monotonen Autofahrt durch die Wüste Arizonas hier landet.

»Willkommen«, sagt David. »Sie wünschen ... Zimmer 1?«

Die Frau lacht. »Mir ist jedes Zimmer recht. Das war nur eine Anspielung auf Psycho. Weil dein Motel fast genauso aussieht wie im Film.«

Film? David kennt diesen Film nicht. Da er nicht weiß, was er erwidern soll, zuckt er stumm mit den Schultern.

»Psycho!«, wiederholt die Frau, hebt den rechten Arm und macht eine Handbewegung, als würde sie mit einem Messer auf ihn einstechen. »Der Klassiker von Alfred Hitchcock. Nicht gesehen?«

David holt Luft und setzt zu einer Antwort an. Er will ihr erklären, dass er nicht viel fernsieht, aber die Stimme bleibt ihm irgendwie in der Kehle hängen. Also lächelt er und schüttelt den Kopf. Schweiß läuft ihm unter dem Hemd den Rücken hinab.

Die Frau mustert ihn und grinst. »Eleonor«, sagt sie schließlich und streckt ihm die Hand entgegen. David zögert und starrt einen Moment lang auf den abgesplitterten schwarzen Nagellack auf ihren Fingernägeln. Dann schüttelt er ihre Hand, schafft es aber nicht, ihr dabei in die Augen zu sehen.

»Trägst du mich in dein Gästebuch ein?«, fragt sie, während ihr Blick über den Tresen und das angrenzende Sideboard wandert. »Einen Computer hast du scheinbar nicht.«

»Ja. Also, nein. Ist nicht nötig.«

Sie lächelt David an. Sicher, weil sein Gestotter sie belustigt. Aber es ist dennoch ein Lächeln.

»Und wie heißt du?«, will sie wissen.

Statt ihr zu antworten, sieht er sich hektisch um. Er findet das Namensschild im oberen Ablagefach unter dem Tresen und heftet es sich mit zittrigen Fingern auf Brusthöhe an sein Hemd. Vermutlich hält sie ihn für einen verwirrten Schwachkopf, der sich nicht einmal seinen eigenen Namen merken kann.

»Entschuldigen Sie, Ma'am ... dass ich mein Schild nicht ...«, sagt er. »Wir haben nicht sehr oft Gäste. Manchmal denke ich nicht daran, es zu tragen.«

»David«, liest sie. Er schreckt ein wenig zusammen, weil er es nicht gewohnt ist, dass jemand Fremdes seinen Namen sagt.

»Wie lange möchten Sie bleiben?«, fragt er, den Blick auf die Tischplatte gerichtet. »Hängt von meiner Karre ab. Und vom Preis deiner Zimmer«, antwortet sie schulterzuckend.

»Es sind 16 Dollar die Nacht.«

Sie nickt. Der geringe Preis überrascht sie sicher, aber sie lässt es sich nicht anmerken.

»Was ist denn mit Ihrem Wagen?«, fragt David.

»Wüsste ich selbst gern! Der Motor macht seit heute Morgen so komische Geräusche. Gibt es hier irgendwen, der sich das ansehen kann?«

David schüttelt den Kopf. »Nein. Hier ist weit und breit keine Autowerkstatt.«

»Hab sowieso keine Kohle für eine Reparatur. Es würde mich nur beruhigen, wenn sich's mal jemand ansieht. Will nicht riskieren, mitten in der Wüste liegenzubleiben.«

David überlegt. »Mein Nachbar könnte womöglich ...«

Die Frau sieht ihn hoffnungsvoll an. Ihm fällt auf, wie tiefgrau ihre

Augen sind. Ein dunkles, intensives Grau, so, wie er sich Mondgestein vorstellt.

»Vielleicht kann er sich Ihren Wagen ansehen. Mein Nachbar«, sagt er.

»Er versteht etwas von Autos. Und er kommt morgen vorbei.«

»Das wär echt super!« Die Frau strahlt ihn an und hüpft vor Begeisterung ein wenig auf der Stelle. Dann tastet sie am Trageriemen ihrer Umhängetasche herum, der sich offenbar schmerzhaft in ihre Schulter drückt. Die Tasche muss schwer sein. David weicht ihrem Blick aus und reibt sich nervös die Hände.

»Und, gibst du mir nun ein Zimmer?«, fragt sie.

Er nickt und ist erleichtert, ihr kurz den Rücken zukehren zu können. Auch wenn es nur die wenigen Sekunden sind, die es dauert, Schlüssel Nummer 4 vom Brett zu nehmen. Als er ihr den Schlüssel reicht, gelingt es ihm, ihr immerhin für einen kurzen Moment in die Augen zu sehen. Die exzentrische Schminke und der düstere Look lassen sie einschüchternd wirken. Und ein bisschen hässlich und abstoßend. Aber ihr Lächeln sieht freundlich aus.

Sie bedankt sich, betrachtet den alten metallenen Schlüsselanhänger und fährt mit dem Daumen über die kaum noch erkennbare Gravur in Form einer Vier.

»Ich bin Ihnen gern behilflich, Ihr Gepäck aus dem Auto zu holen,

Ma`am.« Er bringt diese Worte flüssig über die Lippen, weil sie zu einer Reihe von Sätzen gehören, die er schon als Halbwüchsiger für den Umgang mit den Motelgästen auswendig gelernt hat. Aber er ahnt, dass er den Text vollkommen unnatürlich, wie ein Roboter, heruntergeleiert hat, denn die Frau sieht ihn verdutzt an. Sie findet ihn sonderbar. Bestimmt.

»Mehr Gepäck hab ich nicht dabei«, antwortet sie und klopft auf die Umhängetasche.

David nickt und gibt ihr, indem er kurz die Hände hebt, zu verstehen, dass sie einen Moment warten soll. Er geht ins Hinterzimmer, und als er Sekunden später mit einem Stapel Handtücher zurückkehrt, ertappt er die Frau dabei, wie sie sich umblickt. Automatisch wandert Davids Blick ebenfalls durch den Empfangsraum, der gleichzeitig sein Büro und Wohnzimmer ist. Und seit er sich angewöhnt hat, auf dem Sofa zu nächtigen, ist dies auch sein Schlafzimmer. Er fragt sich, was der Frau durch den Kopf geht, die all das hier gerade zum ersten Mal betrachtet. Natürlich sieht sie diesen Ort mit ganz anderen Augen als er, der jeden Winkel, jedes Detail, seit seiner Geburt kennt. Bestimmt fällt ihr auf, dass das Motel heruntergekommen ist, und womöglich erscheint ihr alles ein wenig morbide. Die vergilbten Tapeten, die an den Rändern schon abblättern, und die schweren, dunkelgrünen Vorhänge vor dem einzigen kleinen Fenster. Der dunkle abgenutzte Holzboden. Der eingestaubte antike Kronleuchter. All das erinnert an die Kulisse eines vergessenen Theaters, in dem schon lange keine Aufführung mehr stattgefunden hat. Die ausgeblichenen Farben der Einrichtung und der Sofakissen werden von der Dunkelheit verschluckt und gerade, wenn man zuvor für Stunden dem gleißenden Sonnenlicht ausgesetzt war, empfindet man die Düsternis zwangsläufig umso bedrückender.

Die Frau registriert, dass David zurückgekehrt ist, lässt sich aber nicht davon abhalten, sich weiter umzusehen. Ihr Blick wandert vom vollgestopften Bücherregal zum Fernseher. Ein Schwarzweißgerät aus den frühen Achtzigerjahren. Sie geht auf den alten Kamin in der Ecke des Raumes zu, der mit Staub bedeckt ist und schon lange nicht mehr benutzt wurde. Als die Bodendiele unter ihrem Fuß knarzt, hält die Frau inne. Und obwohl sie für einen Moment völlig bewegungslos an dieser Stelle verharrt, ächzt das Holz erneut, als würde das Haus ein Eigenleben führen und wäre unzufrieden über das Eindringen dieser Fremden.

Schließlich kehrt sie zurück an den Tresen und bemerkt das Telefon, das auf dem Sideboard steht. »Ein Telefon mit Wählscheibe?«, fragt sie verwundert. »Bin ich irgendwo auf dem Highway falsch abgebogen und in die Vergangenheit gereist?«

David räuspert sich. Er sollte ihr gestehen, dass der Apparat nicht mehr funktioniert. Dass sie hier draußen abgeschnitten sind von der Welt.

Plötzlich durchdringt ein Geräusch die Stille. Ein dumpfes Schnaufen. Der Blick der Frau huscht zur schmalen Kellertür, die sich ein paar Meter entfernt, rechts vom Tresen, befindet.

»Was ist da hinter der Tür?«

Ihre Frage jagt David eine Hitzewelle durch den Körper. Er legt die Handtücher so hektisch auf dem Tresen ab, dass der Stapel kippt und eines der Tücher zu Boden fällt. Mit wenigen Schritten ist er an der Kellertür und schiebt den Riegel vor. Das Gesicht der Frau zeigt ihm, dass sie nun erst recht verunsichert ist.

»Sag schon! Was ist da?«

David setzt ein künstliches Lächeln auf, vergräbt die Fäuste in die Taschen und hofft, dass sie ihm seine Verkrampftheit nicht allzu sehr ansieht. »Das ist nur der Keller«, sagt er.

»Schon klar, aber was war das für ein Geräusch?«, bohrt sie weiter.

»Oh, das ... das muss«, stottert er, »mein Tier ...«

»Dein Tier?«

»Hund. Hund, wollte ich sagen.«

Sie sieht ihn ungläubig an. »Das klang eher nach ʼnem Yeti als nach einem Hund.«

Er hebt das Handtuch auf und nickt. »Ich kann Ihnen jetzt das

Zimmer zeigen.« Als er an ihr vorbeigeht, sieht sie ihn noch immer mit diesem fragenden Blick an. Er spürt ihr Misstrauen. Sie weiß, dass er irgendetwas vor ihr verbirgt. Wahrscheinlich hat sie schon nach einer Sekunde geahnt, dass mit ihm etwas nicht stimmt. Seine Familie würde ihn für diesen törichten Gedanken auslachen. Seine Mutter und sein Onkel würden ihm sagen, dass diese Frau nicht hellsehen kann. Dass sie genauso ahnungslos ist wie die Menschen vor ihr. Und doch kriecht diese Angst in David hoch. Die Angst, dass sie auf irgendeine Weise intuitiv spürt, dass er gefährlich ist, und dass in den Eingeweiden dieses Motels das absolut Böse wohnt. Nur misst sie dem unguten Gefühl nicht genug Bedeutung bei. Sonst würde sie in ihr Auto steigen und weiterfahren.

In Zimmer vier ist es noch stickiger als im Empfangsbüro. Die Abendsonne scheint durch die Fensterscheibe hinein, die von einer feinen Schicht Wüstenstaub überzogen ist, und taucht den Raum in ein trübes, warmgelbes Licht. Es ist das hübscheste Zimmer von allen, findet David. Trotz der vergilbten Tapeten und der maroden Bodendielen. Es gibt zwei schmale Einzelbetten, dazwischen einen Nachttisch mit Leselampe. Gegenüber stehen eine Kommode und ein recht großer Holzschrank. Die Frau sieht sich kurz um und deutet dann auf die offen stehende Tür, die ins Bad führt. »Funktioniert die

Dusche? Ich hab seit einer Woche nicht geduscht.«

»Es gibt nur eine Badewanne«, antwortet David.

»Oh, super!« Sie legt ihre Tasche auf dem Bett ab, die aufgrund ihres Gewichts tief in die weiche Matratze sinkt. Dann läuft die Frau zum Bad, schaltet das Licht ein und blickt in den fensterlosen kleinen Raum. Obwohl David immer versucht, die Zimmer sauber zu halten, hat er Angst, sie könnte vom Zustand des Bads abgestoßen sein. Abgestoßen von den zahlreichen kaputten Fliesen und den alten Armaturen, die schon Rost angesetzt haben. Aber sie wirkt nicht angewidert. Die große Badewanne treibt ihr ein Lächeln auf die Lippen.

»Falls Sie noch Handtücher oder eine Decke brauchen ... ich bin die ganze Nacht am Tresen.« Ein weiterer Satz aus Davids Konversation-mit-Gästen-Repertoire.

»Alles klar.« Sie öffnet den Schrank und entdeckt die Kleider, die dort nach Farben geordnet auf Bügeln hängen. Die Frau sieht David überrascht an.

»Die Sachen gehörten meiner Großmutter«, erklärt er rasch. »Sie hat immer ein paar davon in den Hotelzimmern aufbewahrt. Sie war der Meinung, dass sich die Gäste heimischer fühlen, wenn ihr Zimmer nicht völlig leer ist. Ich hab es nach ihrem Tod beibehalten.«

Die Frau zieht ein rotes Minikleid aus Satin hervor, bei dem David nicht sicher ist, ob es tatsächlich ein richtiges Kleid oder ein elegantes Unterwäschestück ist. Der Saum und die dünnen Träger sind mit goldenen Pailletten besetzt. »Deine Großmutter war ein heißer Feger, David.«

Verlegen weicht er ihrem Blick aus. »Nein ... das Kleid muss ein Gast hier zurückgelassen haben. Wir werfen nichts weg, falls sie eines Tages wiederkommen.«

Sie betrachtet das Kleid und erfreut sich einen Moment daran, dass die Pailletten kleine Lichtpunkte an die Wand werfen, wenn sich die Sonne darin spiegelt. »Das Teil ist verdammt schrill. Damit fällt man auf jeden Fall auf«, staunt sie.

David geht durch den Kopf, dass sie selbst ziemlich auffällig und exzentrisch aussieht. Die enge dunkle Jeans, die sie trägt, ist überall durchlöchert. Entlang der Hosenbeine befinden sich ein paar Flicken, die mit Sicherheitsnadeln und Pins fixiert sind. Ihr wildes Haar und das schwarze Augen-Make-up verleihen ihr auf dem ersten Blick etwas Dämonisches. Aber aus der Nähe betrachtet und wenn man mit ihr spricht, wirkt sie gar nicht mehr dämonisch.

Er beobachtet sie, wie sie sich das Kleid anhält. »Es müsste Ihnen passen«, sagt er. »Sie sollten es anprobieren.«

Sie lächelt ihn an. Schnell senkt er den Blick. »Geben Sie Bescheid, wenn Sie etwas brauchen.« Dann wendet er sich ab und verlässt das Zimmer, ohne die Frau noch einmal anzusehen.

2

Am späten Nachmittag erfüllt der staubige Geruch von heißem Sand und trockenen Sträuchern noch immer die Luft. Die Hitze erscheint David jetzt, nachdem der leichte Wind eingeschlafen ist, noch unerträglicher. Trotzdem drückt er sich seit Minuten vor dem Haus herum und zögert, hineinzugehen. Durch die Glasscheibe der Tür kann er die Frau sehen, die eben wieder aus ihrem Zimmer gekommen ist und sich an den Tresen gesetzt hat. Wie heißt sie? Eleonor? Er war in ihrer Gegenwart so aufgeregt, dass er jetzt nicht sicher ist, ob es wirklich dieser Name war, den sie ihm genannt hat.

Ihre Haare sind nass. Und soweit David es von seinem Beobachtungsposten aus erkennen kann, trägt sie keine Hose. Nur wieder das Shirt. Vor ihr steht eine Flasche Bier, die sie sich selbst mitgebracht hat.

Er kommt sich armselig vor, wie er da draußen herumlungert und sich nicht hineintraut. Und wie er hofft, dass sie wieder zurück in ihr Zimmer geht, wenn er noch ein paar Minuten abwartet. Sie macht ihm Angst, weil sie eine junge Frau ist. Schön ist sie wohl nicht ... Aber sie ist irgendwie impulsiv und auch ein bisschen aufreizend. Der Typ Mensch, der ihn am meisten einschüchtert.

Unvermittelt dreht sie den Kopf, blickt in Richtung Tür und entdeckt ihn. David schreckt zusammen und tritt automatisch einen Schritt von der Tür zurück, obwohl das keinen Sinn mehr macht. Ihr Mund verzieht sich zu einem Lächeln. Sie winkt ihm zu, bis sie anscheinend begreift, dass er sich nicht vom Fleck rührt, und die Hand langsam sinken lässt. Ein paar Augenblicke noch sieht sie zu ihm, bevor sie sich schließlich wieder umdreht. David atmet aus und presst sich die Faust auf die Brust, in der sein Herz wie wild pocht. Jetzt muss sie glauben, dass er sie heimlich anstarrt, und er wird sich erst recht nicht mehr dazu durchringen können, hineinzugehen. Stattdessen lehnt er sich bemüht lässig gegen die Hauswand und gibt vor, den Horizont zu beobachten. Wie ein ganz normaler Mann, der am Ende seines Arbeitstages für ein paar Minuten in Ruhe den Sonnenuntergang genießt. Aber er *ist* nicht entspannt. Zwischendurch blickt er immer wieder durchs Fenster und ertappt die Frau dabei, wie sie den kleinen Aufsteller mit dem »Rauchen verboten«-Aufdruck, der auf dem Tresen steht, beiseiteschiebt und sich eine Zigarette anzündet. Doch kurz darauf ändert sie anscheinend ihre Meinung, denn sie drückt das glimmende Ende der Zigarette zwischen ihren Fingern aus und steckt sie zurück in die Schachtel. Dann steht die Frau auf und David verkrampft augenblicklich, weil er fürchtet, sie könnte zum Rauchen nach draußen kommen und sich mit ihm unterhalten wollen.

Stattdessen umrundet sie den Tresen, geht zum Telefonapparat und nimmt den Hörer ab. *Verdammt.*

Als David hereinkommt, steht sie noch immer an derselben Stelle und hält sich den Hörer ans Ohr. Mit der anderen Hand tastet sie nach der Telefonschnur. Sie zieht daran, bis ihr schließlich das lose Ende durch die Finger gleitet. Langsam dreht sie sich zu ihm um. Auch jetzt nach dem Baden trägt sie wieder die schwarz verschmierte Schminke unter den Augen. Diese Bemalung ist also tatsächlich beabsichtigt. David versucht, ihre Miene zu deuten. Die Frau wirkt nicht verängstigt. Eher misstrauisch. Dann entspannt sich ihr Gesichtsausdruck plötzlich und sie legt lachend den Hörer auf. »Überrascht mich kein bisschen, dass dein antikes Telefon nicht funktioniert«, behauptet sie. Vielleicht versucht sie, sich das mulmige Gefühl, das sie gerade verspürt, nicht anmerken zu lassen, denkt David. Sie setzt sich wieder an den Tresen und hält ihm die Zigarettenschachtel entgegen. Er schüttelt den Kopf und stellt ihr einen Aschenbecher hin.

Ein paar Minuten, die ihm quälend vorkommen, raucht sie stumm. Dabei beobachtet sie ihn mit einem Ausdruck in den Augen, den er nicht deuten kann. Sie versucht wohl, schlau aus ihm zu werden. Vielleicht fragt sie sich, ob er ihr gefährlich werden könnte. Ob es angebracht ist, ihm zu misstrauen, jetzt, da sie weiß, dass es in diesem gottverlassenen Motel im Nirgendwo keine Verbindung zur Außenwelt gibt.

Weil David es nicht länger aushält, still vor ihr zu stehen, wischt er mit dem Geschirrtuch über den Tresen, schiebt ein paar Gläser im Regal umher und poliert dann noch einmal den Tresen.

»Wie lange arbeitest du schon hier?«, fragt sie irgendwann. Er fühlt sich augenblicklich erleichtert, dass sie dem Schweigen damit ein Ende gesetzt hat.

»Ich bin schon immer hier«, antwortet er. »Mein Ururgroßvater hat das Haus gebaut und dieses Motel eröffnet. Das war vor ziemlich genau hundert Jahren. Seither haben alle aus meiner Familie hier gelebt und gearbeitet.«

Sie wirkt beeindruckt und lässt den Blick durch den Raum wandern. Vielleicht geht ihr durch den Kopf, dass man dem Haus sein Alter wirklich ansieht. Dass das Motel schäbig ist und in diesen hundert Jahren offensichtlich nicht modernisiert wurde.

»Wo sind denn alle?«, fragt sie, wobei eine Wolke Zigarettenqualm aus ihrem Mund kommt.

»Was?«

»Die anderen aus deiner Familie ... Wo sind sie?«

David kratzt sich nervös den Nacken. »Nur ich bin noch übrig«, sagt er so beiläufig wie möglich. Im Augenwinkel sieht er, dass sie ihn anblickt. Vielleicht bedauert sie ihn, weil sie ihn für einen einsamen Kauz hält, der niemanden im Leben hat.

»Als Hotelbesitzer lernst du sicher viele interessante Menschen kennen. Ich stell mir das toll vor.«

Er legt das Tuch weg und vergräbt seine Fäuste in den Hosentaschen. Dann nickt er und zuckt gleichzeitig mit den Schultern. »Eigentlich, Ma'am-«

»Eleonor«, unterbricht sie ihn lächelnd.

»Ja.« Er nickt verlegen. »Es sind meistens ganz normale Leute.«

»Glaub ich nicht! Wer ist schon normal?« Sie sieht ihn herausfordernd an, schiebt den Aschenbecher und die Bierflasche ein Stück beiseite, steckt sich die Zigarette in den Mundwinkel und klettert auf den Tresen. Verwundert sieht David ihr dabei zu, wie sie eine gemütliche Position im Schneidersitz einnimmt. Ihre Fußsohlen sind ein wenig schmutzig. Einen Moment lang ... *zu lange* auf jeden Fall ... starrt er auf ihre nackten Beine. Davids Eingeweide verkrampfen sich. Er sagt noch immer nichts. Er kann nicht. Die Frau zieht an ihrer Zigarette und lächelt. »Erzähl schon! Wer war der verrückteste Gast, der je hier gewohnt hat?«

David überlegt, ob sie nur etwas Smalltalk in Gang bringen möchte. Doch ihre Neugierde wirkt echt. Vermutlich interessiert sie sich tatsächlich für eine Antwort. Verrücktester Gast? Er versucht, sich zu konzentrieren, aber sein Denken scheint irgendwie blockiert zu sein, denn im Augenblick erinnert er sich an keinen einzigen Gast. Keinen, der verrückter gewesen wäre als diese Eleonor.

3

Ohne sich aus dem Schneidersitz zu lösen, streckt sie sich nach der Bierflasche, trinkt einen Schluck und wischt sich mit dem Handrücken über den Mund. »Ist doch okay, dass ich mein eigenes Zeug trinke?«

»Natürlich«, antwortet David.

»*Dein* Angebot an alkoholischen Getränken ist aber auch nicht zu verachten.« Sie betrachtet das mit Bier-, Wein-, Likör- und Schnapsflaschen gefüllte Regal hinter ihm.

Er dreht sich um und nickt. »Ja. Wir haben über die Jahre festgestellt, dass es so ziemlich das Einzige ist, was wir den Gästen bieten können. Es gibt hier draußen nicht viele Möglichkeiten, sich die Zeit zu vertreiben.«

»Verstehe«, antwortet sie. »Aber mach dein Motel nicht schlechter, als es ist. Es gibt immerhin einen Pool. Ich hab das Schild draußen gesehen.«

David greift wieder zum Geschirrtuch und wischt über den Tresen, wobei er den Bereich, wo sie sitzt, weiträumig ausspart. »Ja«, sagt er. »Der Pool. Hinter dem Haus … Aber er ist leider nicht mehr in Betrieb. Seit Jahren schon. Ich sollte das Schild endlich abnehmen, um den Gästen die Enttäuschung zu ersparen.«

Die Frau sieht ihn frustriert an. »Jammerschade. Es ist verflucht heiß hier draußen.«

David nickt. Weil er nicht ewig dieselbe Stelle des Tresens polieren kann, sucht er nach einer anderen Möglichkeit, um sich zu beschäftigen. Schließlich dreht er den Wasserhahn auf, füllt das Spülbecken mit Wasser, nimmt ein paar unbenutzte Gläser vom Regal und wäscht sie. Keine sinnvolle Tätigkeit, aber auf diese Weise kann er es umgehen, sie fortwährend anzusehen.

»Und du schmeißt den Laden wirklich ganz allein?« Sie nimmt noch einen Zug von ihrer Zigarette, die schon beinahe aufgeraucht ist. »Ein Motel mit acht Zimmern am Laufen zu halten, stell ich mir anstrengend vor.«

Als er sie kurz ansieht, betrachtet sie das Schlüsselbrett. An jedem der acht Haken hängt ein Schlüssel, abgesehen von dem Haken mit der Nummer vier.

»Ist außer mir niemand hier?«, will sie wissen.

»Nein, niemand.«

Seine Antwort wird sie nicht überraschen, aber die Bestätigung, dass sie allein mit ihm hier draußen ist, schürt sicher ihr Unbehagen.

»Ist das normal, dass das Motel völlig leer ist?«

»Ja.«

Daraufhin schweigt sie. Sie drückt die Zigarette aus, nippt an ihrem

Bier und beobachtet David beim Abspülen. Als sie ausgetrunken hat, steigt sie vom Tresen und setzt sich zurück auf den Hocker. »Tut mir leid. Meine Manieren sind grässlich!«, sagt sie lächelnd, als wäre ihr plötzlich eingefallen, dass das Sitzen auf dem Empfangstresen unangemessen sein könnte.

»Wieso? Nein«, antwortet er schnell.

»Oh, doch! Ich benehme mich manchmal ziemlich daneben und geh den Leuten auf die Nüsse. Meine Eltern hatten schon fünf Minuten nach meiner Geburt die Schnauze voll von mir, glaub ich.« Sie kichert.

David wirft ihr einen kurzen Blick zu. Trotz des Lachens findet er, dass sie traurig aussieht. »Ich denke nicht, dass Ihre Eltern das so sehen«, sagt er.

»Sie nennen mich Pestbeule. Eigentlich nennt mich jeder so, aber *sie* haben damit angefangen. Ich erinnere mich nicht daran, dass sie mich jemals Eleonor genannt haben.«

David unterbricht seine Arbeit und sieht sie an. Sie nickt und wirkt jetzt fast ein wenig trotzig. Er möchte etwas erwidern. Irgendetwas Freundliches, aber er weiß nicht, was. Er hat Angst, ihr zu nahe zu treten. Immerhin kennt er sie kaum. Alles, was er weiß, ist, dass sie allein unterwegs ist und wenig Geld in der Tasche hat. Sie wirkt ein bisschen verwahrlost. Ansonsten kann er nur Vermutungen anstellen. Sie hat wohl keine allzu behütete Kindheit gehabt. Vielleicht ist sie vor irgendetwas geflohen. Oder vor jemandem. Womöglich hat sie Probleme und kann keine Unterstützung von ihrer Familie erwarten.

Er greift nach dem Geschirrtuch und beginnt, das erste Glas trockenzureiben. Im Augenwinkel nimmt er wahr, dass sie sich umblickt. Vielleicht sucht sie ein neues Gesprächsthema.

»Was ist mit deinem Hund?«

Ihm rutscht das Glas aus den Fingern, aber er kann es gerade noch festhalten. Statt einer Antwort zuckt er mit den Schultern.

»Vielleicht möchte er mal raus?«, fragt sie zögerlich. »Wenn du mir garantierst, dass er mich nicht zerfleischt, kann ich eine Runde mit ihm drehen. Mach ich gern!«

David schüttelt den Kopf. »Nein. Nicht nötig. Ich meine, ich war vorhin kurz mit ihm draußen, als Sie … gebadet haben.« Er hat das Gefühl, dass sein Gesicht rot anläuft.

»Bist du deshalb so schmutzig?«, fragt sie und deutet auf sein Hemd. »Hast du mit ihm herumgetollt?«

Er blickt an sich hinunter und bemerkt die schmutzige Stelle auf Höhe seiner Brust. Hektisch reibt er mit der Handfläche darüber. »Ich muss mich entschuldigen … für mein Auftreten«, sagt er steif.

Sie lacht. »Einen Scheiß musst du!«

Einen Moment lang sieht er sie verdutzt an. Dann muss er angesichts ihrer Reaktion lächeln. »Sind Sie hungrig? Ich könnte Ihnen etwas machen.«

Sie zuckt mit den Schultern. Dabei kratzt sie scheinbar unbewusst mit den Fingernägeln das Etikett von der leeren Bierflasche.

»Ich werde Ihnen ein Sandwich machen. Bin gleich zurück.« Er läuft ins Hinterzimmer, das gleichzeitig die Küche ist und in dem er einen Teil seiner Vorräte aufbewahrt.

Als er fünf Minuten später zurückkehrt und ihr den Teller hinstellt, betrachtet sie die beiden Sandwiches interessiert. Aber sie hadert. Schließlich sieht sie David in die Augen und schüttelt den Kopf. Ihm kommt der Gedanke, dass sie befürchten könnte, er hätte das Essen vergiftet oder mit einem Betäubungsmittel versehen, um sie wehrlos zu machen und ihr etwas anzutun.

»Ich muss schon meine letzten Mäuse zusammenkratzen, um das Zimmer zu bezahlen«, sagt sie dann. »Ich will die Rechnung nicht weiter in die Höhe treiben.«

»Oh, machen Sie sich keine Gedanken darüber«, antwortet er. »Die Sandwiches berechne ich nicht. Die sind ja auch nichts Besonderes. Ich kann mir vorstellen, dass Sie hungrig sind, nach der langen Fahrt.«

Sie beißt sich auf die Unterlippe und scheint nicht zu wissen, was sie sagen soll.

»Möchten Sie dazu ein Glas Wasser trinken? Oder Kaffee?«

Sie betrachtet die Flaschen auf dem Regal und überlegt. »Zu einem

Bier würde ich ja sagen. Wenn das geht?«

Statt eines der warmen Biere vom Regal zu nehmen, holt er ihr eine Flasche aus dem Kühlschrank und öffnet sie für sie.

»Danke«, sagt sie und hebt die obere Brotscheibe an, um zu sehen, womit er das Sandwich belegt hat. Er beobachtet ihre Reaktion und hofft, ihren Geschmack getroffen zu haben. Eine dünne Schicht Mayonnaise, darüber ein paar Salami- und Salzgurkenscheiben. Sie schnuppert daran und wirkt zufrieden. Entschlossen klappt sie das Sandwich wieder zusammen und nimmt einen großen Bissen. Sie kaut ein paar Mal und beißt sogleich noch einmal ab. Er hatte mit seiner Vermutung also recht. Sie ist hungrig.

»Auf dem zweiten ist Marmelade«, sagt David. »Ich wusste nicht, was Sie mögen.«

Kauend lächelt sie ihn an. Er trocknet das nächste Glas ab, und als er damit fertig ist, hat sie das erste Sandwich aufgegessen und beißt bereits ins zweite. Etwas Marmelade läuft an ihrem Kinn hinunter. Sie versucht zunächst, sie mit der Zunge zu erwischen, was ihr nicht gelingt. Also wischt sie sich mit dem Handrücken sauber.

»Darf ich mir deine Bücher ansehen?«, fragt sie, kaum dass sie sich den letzten Bissen in den Mund geschoben hat, und deutet auf das Bücherregal.

»Sicher.«

Sie hüpft vom Hocker und geht zum Regal. David nutzt die kurze Gelegenheit, sie anzusehen. Das Shirt ist so lang, dass es ihren Po bedeckt. Sein Blick wandert rasch an ihren nackten Beinen abwärts. Er registriert einen blauen Fleck auf ihrem Schenkel.

»Hast du die etwa alle gelesen?«, will sie wissen, als sie dicht vor dem Regal steht und mit den Fingern über die Buchrücken streicht.

»Ich denke schon.«

»Welches würdest du mir empfehlen?«

David wagt es nicht, zu ihr rüberzugehen. Stattdessen bleibt er hinter dem Tresen stehen und klammert sich an der Tischkante fest. »Ich weiß ja nicht, was Ihnen gefällt.«

Sie zieht scheinbar wahllos ein dickes Taschenbuch aus dem Regal. Von Weitem erkennt David, dass es sich um eines der Psychologiebücher handelt. Sie betrachtet das abgegriffene Buch und blättert durch die mit Eselsohren und zahlreichen handschriftlichen Randnotizen gespickten Seiten. Damals hatte David sich erhofft, dass die Lektüre ihm Antworten auf seine Fragen geben würde. Fragen, die ihn bezüglich seiner Familie plagen. Und bezüglich seiner Angst vor sich selbst. Eleonor blickt von dem Buch auf und sieht zu David rüber. Sie scheint etwas sagen zu wollen, tut es dann aber doch nicht, und schiebt das Buch zurück ins Regal. Sie zieht daraufhin ein dünnes Büchlein aus der unteren Reihe heraus, betrachtet es und hält es ihm entgegen. »Die hohe Kunst des Küssens?« Sie lacht und inspiziert den Einband des zerfledderten Büchleins näher. »Zweite Auflage, aus dem Jahr 1964. Du bist also fachkundig auf dem Gebiet der Knutscherei.«

David stößt sich vom Tisch ab und geht nun doch zu ihr. Im ersten Moment scheint sie zu glauben, dass er wütend ist und ihr das Buch wegnehmen will. Schnell schiebt sie *Die hohe Kunst des Küssens* zurück ins Regal und tritt einen Schritt beiseite, um David Platz zu machen. Er nimmt ein wesentlich größeres und dickeres Buch aus der obersten Reihe und gibt es ihr. »Die bunte Welt der Mammuts«, liest sie. Mit dem Wälzer in der Hand wirkt sie klein, wie ein schmalschultriges Kind, das seine schwere Schullektüre stemmt.

»Die Bilder sind das Beste«, sagt er. »Als ich klein war, habe ich es mir immer wieder angesehen. Damit konnte ich mir stundenlang die Zeit vertreiben.«

Behutsam streicht sie über den ausgeblichenen Einband. Dann schlägt sie das Buch auf, blättert die ersten Seiten durch und betrachtet die Illustrationen. Er sieht ihr an, dass sie ihr gefallen.

»Darf ich es mir aufs Zimmer ausleihen?«

»Natürlich.«

Als sie ihn anlächelt, blickt er auf seine Schuhe und dann auf ihre nackten Füße. Auf einigen ihrer Fußnägel befinden sich Reste von schwarzem Nagellack. Wie bei ihren Fingernägeln. Über dem Knöchel ihres linken Fußes verläuft eine blasse Narbe. Er wendet sich ab und will zurück zum Tresen gehen, als sie nach seiner Hand greift und ihn festhält. Erschrocken fährt er herum. Er heftet den Blick auf ihre Hand, die seine hält. Ihm wird heiß. Es ist ein Gefühl, als hätte sich das Blut in seinem Körper von einem Moment auf den nächsten erhitzt. Er reißt sich los und weicht zwei Schritte zurück. Die Frau sieht ihn verängstigt an. Sie weiß nicht, was los ist. Was seine heftige Reaktion zu bedeuten hat, die er jetzt schon bereut.

»Entschuldige«, sagt sie vorsichtig.

Er zwingt sich zu einem Lächeln, reibt die schweißnassen Handflächen an seinem Hemd trocken und ist erleichtert, als sie sein Lächeln erwidert und dann wieder das Buch ansieht, als wäre nichts gewesen. Sie wendet das Buch und liest den kurzen Text auf dem Rücken des Einbands, während sie langsam zurück zum Tresen geht. David steht noch immer vor dem Regal und betrachtet seine Hand. Die Stelle, die sie berührt hat. Er spürt die Berührung auch jetzt noch ein wenig. Ein leichtes Flimmern auf der Haut.

4

Es muss ungefähr Mitternacht sein. David liegt auf dem Sofa, aber er ist hellwach und weiß, dass er in dieser Nacht kein Auge zumachen wird. Er hat sich nur hingelegt, weil er jetzt, da die Frau hier ist, nicht im Haus herumlaufen und Lärm machen will. Außerdem ist das Sofa ein guter Wachposten. Von hier hat er die Kellertür im Blick und er hört, wenn sie da unten unruhig werden. Der Raum ist dunkel. Nur die kleine Stehleuchte mit dem ockerfarbenen Lampenschirm, die hinter dem Tresen steht, gibt ein wenig Licht ab.

Es ist heiß. Heißer noch als in den Nächten zuvor. Obwohl David das Fenster geöffnet hat, ist es so stickig, dass er sich wie lebendig begraben fühlt. Gerade als er aufstehen will, um sich das Gesicht und den Nacken mit etwas Wasser abzukühlen, nimmt er das leise Klappen einer Tür wahr. Es ist die Tür von Zimmer vier. David schließt die Augen. Er liegt ganz still da, konzentriert sich auf das sich nähernde leise Tappen ihrer nackten Füße und auf die ihm so vertrauten Geräusche der knarzenden Bodendielen. Sein Herz pocht. Er spürt, dass sie sehr langsam an ihm vorbeigeht. Dass sie ihn dabei ansieht. Er hört sie atmen. Und Sekunden später hört er, wie sie die Klinke herunter drückt und die Tür öffnet. Er stellt sich vor, wie sie sich dabei auf die Unterlippe beißt und hofft, keinen Krach zu machen. Doch es ist unmöglich, die verzogene Holztür leise zu öffnen. Das Quietschen der Scharniere zerreißt die Stille. David blinzelt. Er reibt sich die Stirn und die Augen wie jemand, der bis eben fest geschlafen hat. Die Frau steht vor der offenen Tür. Sie trägt noch immer keine Hose. In der Hand hält sie die Zigarettenschachtel und sieht ihn an. »Entschuldige. Ich hab dich geweckt. Mist.«

David richtet sich auf und streckt sich ein wenig.

»Ich konnte nicht einschlafen.« Sie flüstert, obwohl es jetzt eigentlich keinen Grund mehr dafür gibt. »Ich glaub, da war irgendwer. Draußen vor meinem Fenster. Ist außer uns doch noch jemand hier?«

»Nein«, sagt er eine Spur zu schnell. »Wir sind allein.«

Seine Antwort scheint sie nicht zu beruhigen. Von der Türschwelle aus blickt sie in die Nacht. Als würde sie abwägen, ob sie es riskieren soll, hinauszugehen.

»Ich glaub, ich geh ein bisschen frische Luft schnappen«, sagt sie, bleibt aber noch immer in der Tür stehen. David durchschaut sie. Sie hofft, dass er sie begleitet. Er steht auf, macht ein paar Schritte auf sie zu und beobachtet ihre Reaktion. Sie lächelt, geht hinaus und setzt sich auf die Außenstufe.

»Verrückt, dass der Sand noch immer ganz warm ist«, sagt sie und wackelt mit den Zehen. David setzt sich neben sie. Sie steckt sich eine

Zigarette an und blickt in den Nachthimmel.

»Ich kann den Mond nicht sehen.« Sie sieht David an, als hätte er als Motelbesitzer das zu verantworten.

»Wir haben Neumondnacht«, erklärt er. »Deshalb ist der Mond nicht sichtbar.«

»Okay.« Sie rückt etwas näher an ihn heran. »Ist ganz schön finster, so eine Neumondnacht. Ich kann mein Auto kaum erkennen.«

Sie hat recht. Auch David kann ihr Auto nicht sehen, obwohl es nur einen Steinwurf entfernt unter dem knochigen Akazienbaum parkt. Er steht auf, geht zurück zur Tür und betätigt den kleinen, unscheinbaren Kippschalter. Kurz darauf erhellt sich flackernd das auf dem Dach montierte Motelschild. Eleonor dreht den Kopf und betrachtet das Schild, das so schmutzig ist, dass die Buchstaben kaum noch zu entziffern sind. David setzt sich wieder auf die Treppenstufe. Das Licht leuchtet diesen Bereich jetzt etwas aus. Eigentlich ist es nur ein schwacher sanftblauer Schimmer. Ein gespenstisches Glühen, während wenige Meter vor ihnen die Umgebung weiterhin im Dunkeln liegt.

Die Frau beugt sich ein Stück vor und beginnt, mit ihrer Fingerspitze etwas in den Sand zu schreiben. Dabei fällt ihr das Haar ins Gesicht. Das gibt David die Möglichkeit, sie unbemerkt anzusehen. Der Stoff ihres Shirts ist so abgewetzt, als wäre es schon Jahrzehnte alt. Die Nähte sind an einigen Stellen ausgefranst. Der weite Ausschnitt gewährt ihm einen Blick auf ihren Nacken und auf einen Teil ihres oberen Rückens. Er kann die Knöchel ihrer Wirbelsäule sehen, die sich unter ihrer Haut abzeichnen. Unauffällig atmet er tief ein. Er riecht den Zigarettenrauch, aber auch den zarten Geruch der Hotelseife, der von ihr ausgeht. Unwillkürlich stellt er sich vor, wie sie sich langsam in die Badewanne sinken lässt. Wie sie sich im warmen Wasser ausstreckt. Seifenschaum auf ihrer Haut. Der Gedanke an ihre Nacktheit entfacht seine Nervosität von Neuem. Er betrachtet ihr Knie, das in einer sanften Seitwärtsbewegung hin und her pendelt und dabei seinem Bein immer wieder bis auf wenige Zentimeter nahe kommt. Er zwingt sich dazu, den Blick von ihr zu lösen. Stattdessen versucht er, zu entziffern, was sie in den Sand schreibt. Mehrmals wischt sie über die Zeichen hinweg und setzt neu an. David gelangt zu dem Schluss, dass es wohl keine Buchstaben oder Bilder sind, sondern willkürliche, abstrakte Formen, die ihr gerade in den Sinn kommen.

»Willst du wissen, warum ich allein auf und davon bin?«, fragt sie mit der Zigarette zwischen den Lippen. Noch einmal wischt sie über den Sand und setzt dann ihren Fußabdruck hinein.

David schweigt. Er ist ein Fremder für sie und es steht ihm nicht zu, sie auszufragen. In Wahrheit aber wüsste er gern mehr über sie. Sein Gefühl sagt ihm, dass ihre Geschichte traurig ist. Die Frau hebt den Kopf, sieht ihn an, und zum allerersten Mal weicht er ihrem Blick nicht aus. In der Dunkelheit fällt es ihm leichter. Es ist nur ein kurzer Moment, aber David glaubt, eine tiefe Melancholie in ihrem Gesicht zu erkennen. Den Schmerz einer verlorenen, verletzten Seele. Ihm geht durch den Kopf, dass er sie jetzt anders wahrnimmt als vorhin, bei ihrem ersten Aufeinandertreffen. Auf dem ersten Blick hat er sie als hässlich empfunden. Jedenfalls fand er sie nicht schön. Ihre Blässe, die verschmierte schwarze Farbe unter ihren Augen, die wilden Haare, die ihren Kopf ein wenig zu groß für ihre schmale Gestalt erscheinen lassen ... Aber jetzt kann er diese Hässlichkeit nicht mehr sehen. Stumm wartet er darauf, dass sie weiterspricht. Die Zigarette zittert leicht zwischen ihren Fingern.

»Die Wahrheit ist...«, beginnt sie schließlich, »ich bin vor meinem verkorksten Leben geflohen. Vor meinen verkorksten Eltern und meinem noch verkorksteren Exfreund.«

David nickt.

»Ich bin davor auch schon abgehauen. Sogar oft. Aber kurz danach bin ich jedes Mal zu ihnen zurückgekrochen, weil ich feige war und nicht wusste, wohin ich sonst gehen sollte. Ich hatte Panik, plötzlich allein zu sein. Diesmal wollte ich es *richtig* machen. Ich hab mich ins Auto gesetzt und bin gefahren, gefahren, gefahren! Ich wollte so weit weg von ihnen wie möglich, damit ich nicht einfach zurück kann, sobald ich wieder schwach werde. Verstehst du?«

»Ja.«

Sie lässt die Zigarette fallen und verscharrt sie im Sand.

»Nennen Ihre Eltern Sie tatsächlich bei diesem Namen?«, fragt David mutig.

Sie sieht ihn an und lächelt bitter. »Pestbeule. Ja. Ist aber nicht schlimm. Bin dran gewöhnt.«

David nickt stumm.

»Wie ist das bei dir?«, will sie wissen. »Bilderbuchfamilie?«

»Nein. Das würde ich nicht sagen.«

Sie lächelt ihn an und David findet, dass sie müde aussieht. Vielleicht sitzt sie nur noch mit ihm hier, weil sie sich davor fürchtet, zurück in ihr Zimmer zu gehen. Sie glaubt, jemanden vor ihrem Fenster gesehen zu haben, und David ist sich darüber im Klaren, dass sie sich nicht getäuscht hat. Es muss sein Bruder oder sein Onkel gewesen sein. Sie sind also doch unbemerkt aus dem Keller entwischt. Schon lange vermutet David, dass sie noch andere Wege haben, um heraus-zukommen. Tunnel unter der Erde, die sie gegraben haben. Durch die sie kriechen und irgendwo abseits des Motels an die Oberfläche gelangen.

5

Eleonor legt den Kopf in den Nacken und blickt wieder in den Himmel. Sie beugt sich immer weiter zurück, bis sie das Gleichgewicht verliert, nach hinten kippt, auf den Rücken fällt und lachend mit den Beinen rudert. Dabei wirbelt sie etwas Sand auf, der auf sie beide niederregnet. David neigt den Kopf vor und fährt sich ein paar Mal durchs Haar, um den Sand abzuschütteln. Dann richtet er den Blick stur geradeaus in die Dunkelheit. Wenn es etwas heller wäre, könnte er dort die weite Wüste Arizonas sehen. Die Silhouetten der großen Kakteen und die Hügel am Horizont. Eine Weile liegt Eleonor ruhig neben ihm. Die Nacht ist so still, dass er sie atmen hört. *War es jemals so still?* Kein Windzug ist zu spüren, als hätte jemand eine riesige Glasglocke über diesen Teil der Wüste gestülpt. Ab und zu ein leises Rascheln der Ratten in den Sträuchern. In der Ferne das Heulen eines Kojoten.

Endlich setzt Eleonor sich wieder auf. Sie schüttelt sich den Sand aus den Haaren, lässt die Zigarettenschachtel und das Feuerzeug liegen und springt auf, wobei sie Davids Schulter streift. Sie hat es vermutlich gar nicht bemerkt, aber er … Er spürt einen Schauer, der ihn durchzieht. Ein leichtes berauschendes Kribbeln.

Aus irgendeinem Grund scheint sich die Frau für die Hauswand zu interessieren. Ihr Blick wandert an der Fassade entlang. Sie wirkt jetzt hellwach und sieht aus, als hätte sie einen Plan. David fragt sich, was das zu bedeuten hat. Diese Eleonor ist wie ein Kind, das ständig Entdeckungen macht, denen es unbedingt auf den Grund gehen will, denkt er. Sie nähert sich dem alten Holzgestell, das vor langer Zeit als Rankhilfe für Rosensträucher oder andere Kletterpflanzen angebracht worden war. Davids Großvater hatte gemeint, das Grün würde die triste Holzfassade des Motels aufwerten, doch angesichts der Trockenheit waren alle Pflanzen letztlich eingegangen. Eleonor rüttelt an der Konstruktion herum, als wollte sie deren Stabilität prüfen. Was führt sie im Schilde? Da sie nicht den Eindruck macht, als würde sie sich gleich wieder setzen, steht David ebenfalls auf. Stumm betrachtet er ihr Profil. Er sieht das Lächeln auf ihren Lippen und die dichten Wimpern, die sich mit ihrer Blickrichtung auf- und abbewegen. Sie hält sich am Holzgestell fest und setzt einen Fuß auf die untere Leiste, blickt nach oben zur Dachkante, dann zu David. »Bist du schon mal auf's Dach geklettert?« In ihren Augen funkelt Abenteuerlust.

Er schüttelt den Kopf.

»Nicht mal als Kind?«

»Nein«, antwortet er wahrheitsgemäß und betrachtet nun seinerseits die Hauswand und die Dachkante. Es gab Situationen, als Kind und als

Heranwachsender, in denen er versucht hatte, seine Grenzen auszuloten. Dinge zu riskieren. Aber der Wunsch, auf das Dach zu klettern, war ihm nie gekommen. Er muss daran denken, wie er mit vierzehn allein die Wüste durchqueren wollte. Zu Fuß und nur mit dem Proviant, den er in seinem Rucksack mit sich tragen konnte. Bald gingen seine Wasserreserven zur Neige, aber er war zu stolz gewesen, umzukehren. Wenig später fühlte er sich schlecht und er verlor die Orientierung. Onkel Ed hatte ihn schließlich – mehr tot als lebendig – nach stundenlanger Suche gerade noch rechtzeitig gefunden.

Als Eleonor sich daran macht, das Gestell hinaufzuklettern, reißt ihn das aus der Erinnerung. »Moment, was machen Sie?« Eine sinnlose Frage, weil es offensichtlich ist, was sie vorhat. Er sieht zu, wie sie mit ihren nackten Füßen das Gitter erklimmt. Sie ignoriert die Gefahr, dass die verwitterten Holzleisten brechen könnten, und Holzsplitter oder rostige Nägel scheinen sie auch nicht zu kümmern.

»Kommen Sie lieber wieder herunter.«

Sie hört nicht auf ihn. Inzwischen hat sie fast das obere Ende des Gestells erreicht. Aus dieser Höhe abzustürzen, wäre nicht ungefährlich. Sie steigt noch eine weitere Sprosse hinauf und sieht dann zu ihm nach unten. »Vom Dach hat man sicher eine tolle Aussicht.«

»Es ist stockdunkel«, antwortet er, aber ihm ist klar, dass es ihr wohl nicht um die Aussicht geht. Sie hat es sich in den Kopf gesetzt, das Dach zu erreichen, und er ist überzeugt, dass nichts sie von diesem Plan abbringen kann. Als die Leiste unter ihrem Fuß bricht, geht ein Ruck durch ihren Körper. David breitet instinktiv die Arme aus, um sie abzufangen. Aber ihr Fuß tastet bereits nach der nächsthöheren Leiste. Vorsichtig prüft sie, ob diese sie hält. Dann löst sie eine Hand von der Holzkonstruktion und angelt nach der Dachkante. Was zur Hölle macht sie da nur? Was immer sie vorhat ... es kann nicht funktionieren. Davids Gefühl sagt ihm, dass sie selbst das längst begriffen hat, aber sie bringt es nicht über sich, umzukehren.

»Kommen Sie wieder herunter! Bitte!«, ruft er ihr zu.

Sie stößt sich von dem Rankgestell ab. Er sieht, wie sie über ihm hängt, sich mit den Händen an die Dachkante klammert. Sie rudert mit den Beinen, als könnte sie sich auf diese Weise, wenn sie nur genug Schwung aufbringt, aus eigener Kraft auf das Dach manövrieren. Sie keucht vor Anstrengung. Unter ihr geht es drei Meter abwärts. Trotz dieser ausweglosen Lage muss sie über ihre Aktion lachen. Sie sucht Davids Blick, wissend, dass ihre Kräfte in wenigen Sekunden aufgebraucht sein werden. Dass sie sich dann nicht länger halten kann und er sie auffangen muss, um sie zu retten. Er verspürt einen Anflug von Wut, wegen der Intimität, die sie ihm unweigerlich aufdrängt.

Gleichzeitig bildet er sich ein, das Brennen ihrer Muskeln zu spüren. Den Schmerz in ihren Fingern, die langsam abgleiten. Kurz hat er den irrsinnigen Gedanken, dass noch genug Zeit bleibt, die Leiter zu holen, die in Zimmer sieben steht, wo er letzte Woche die Glühbirne ausgewechselt hat. Die Alternative – die Frau aufzufangen, sie anzufassen – erscheint ihm ungeheuerlich. Aber wenn er es nicht tut, schlägt sie auf dem Boden auf. Vielleicht ist der Sandboden ja weich genug? Vielleicht *muss* er sie nicht anfassen.

Dann stößt sie einen Schrei aus und lässt los. David reißt die Arme hoch und bekommt ihre Beine zu fassen. Ihr Gewicht wirft ihn zu Boden.

Sie liegt auf ihm und für ein paar Sekunden bewegen sie sich beide nicht. Sie hält ihn so fest umklammert, dass er ihre heftigen Atemzüge spürt. Dann hebt sie den Kopf und lächelt ihn an. Sie lächelt. Als wäre dieses waghalsige Manöver ein riesiger Spaß für sie gewesen. Ihre Augen wirken jetzt so dunkel wie die Nacht. Sie glänzen im schwachen Schein des Schildes.

Irgendetwas geschieht mit ihm. Ihr warmer Körper auf seinem, ihr Atem auf seiner Haut, all das nimmt David überdeutlich wahr, und für einen kurzen Moment bildet er sich sogar ein, ihre Freude, diesen kindlichen Übermut, in sich selbst zu spüren.

Eleonor bewegt sich. Zunächst zögerlich. Sie scheint sich versichern zu wollen, dass ihre Knochen heil geblieben sind. Dann rappelt sie sich auf und streckt David die Hand entgegen, um ihm hochzuhelfen. »Danke für die Rettung«, sagt sie immer noch lächelnd. Ihre Atemstöße verhallen in der Stille der Nacht.

Statt ihre Hand zu nehmen, richtet er sich halb auf und bleibt dort im Sand sitzen. Sie lässt sich wieder neben ihm nieder und eine Weile schweigen sie. Er glaubt, eine tiefe Zufriedenheit in ihrer Miene zu erkennen. Diese Frau ist ihm ein Rätsel. Was treibt sie dazu, sich in solche Situationen zu bringen? Was treibt sie dazu, allein und scheinbar ziellos durch die Wüste zu fahren, sich einem Fremden anzuvertrauen und nachts auf ein Dach klettern zu wollen?

»Sind Sie nicht müde?«, fragt David vorsichtig.

Sie schüttelt impulsiv den Kopf. »Zeigst du mir den Pool?«

»Jetzt?«

»Ja.«

»Es ist zu dunkel. Sie sind barfuß.« *Und vor weniger als zwei Minuten waren Sie nah dran, sich den Hals zu brechen*, fügt er in Gedanken hinzu.

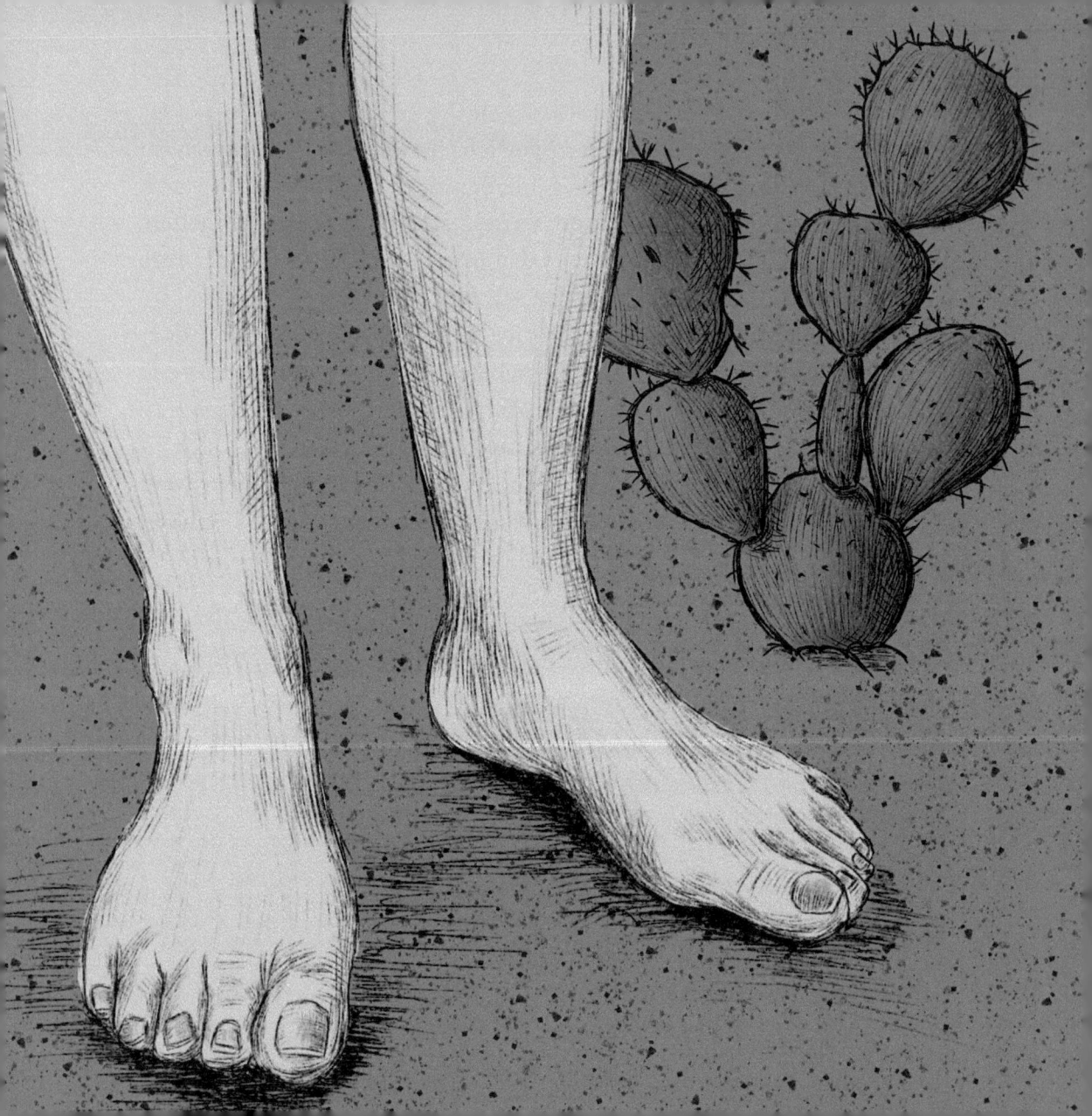

Sie springt auf und stellt sich so dicht vor ihn, dass ihm keine Möglichkeit bleibt, an ihr vorbeizusehen und sie zu ignorieren. Sein Blick haftet kurz über ihren Knien und huscht dann schnell hinauf zu ihrem Gesicht.

»Bitte!«, drängt sie. »Bitte, bitte, bitte!«

6

David macht bewusst kurze, langsame Schritte, weil er nicht will, dass Eleonor sich an einem Stein stößt und sich weh tut. Sie ist dicht hinter ihm. Er führt sie vorbei an der Regentonne und den großen Kakteen, die nahe dem Haus wachsen. Auf der Rückseite des Motels bleibt er stehen. Einen Moment lang denkt er darüber nach, das Licht der kleinen Laterne einzuschalten, die wenige Schritte entfernt steht, tut es dann aber doch nicht. Sollte hier irgendwo jemand aus seiner Familie lungern, ist es besser, sie bleiben im Verborgenen. »Das ist der Pool.«

In der Dunkelheit lassen sich die Dimensionen des Beckens kaum ausmachen. Einen Moment lang ist sie still. »Wie groß ist er?«, will sie schließlich wissen.

Es überrascht David, dass sie zuerst nach den Abmessungen fragt und nicht das Offensichtliche anspricht. Die Tatsache, dass das gesamte Becken bis über den Rand mit Schrott gefüllt ist.

»Fünf mal drei Meter«, antwortet er.

»Wie tief?«

»Ich glaube, einen Meter achtzig an der tiefsten Stelle.«

Sie pfeift beeindruckt, geht näher an den Beckenrand heran und beugt sich vor, um besser sehen zu können. David ist angespannt. Er fürchtet, sie könnte abrutschen oder auf einen scharfkantigen Gegenstand treten. Hier liegt überall Gerümpel herum. Auch außerhalb des Poolbeckens. Er hätte darauf bestehen müssen, bis morgen zu warten. Oder wenigstens darauf, dass sie sich Schuhe anzieht. Doch so nervös ihr Verhalten ihn macht, ist er insgeheim auch fasziniert von ihrer Fähigkeit, sich furchtlos vom Augenblick mitreißen zu lassen.

»Was ist das alles für ein Zeug?«

»Schrott«, antwortet David. Im Dunkel kann er ihre Gesichtszüge kaum erkennen. Aber er malt sich aus, dass der Zustand des Pools, diese ungeheure Ansammlung von Müll, sie entsetzt. »Lassen Sie uns reingehen«, sagt er.

Sie reagiert nicht auf seinen Vorschlag. Vielleicht denkt sie an den Mann vor ihrem Fenster.

»Ich kann in Ihrem Zimmer nachsehen, ob alles okay ist.«

Sie zögert. »Einverstanden«, antwortet sie schließlich.

Er schaltet das Licht in ihrem Zimmer an, schaut unter dem Bett, im Schrank und im Badezimmer nach. Über dem Wannenrand hängen ihre feuchte Jeans und zwei weiße Slips zum Trocknen. Kurz verharrt Davids Blick auf der Unterwäsche, dann wendet er sich schnell ab und schließt die Badezimmertür.

Er geht zum Fenster, beugt sich weit hinaus und vergewissert sich, dass niemand unterhalb des Fensters kauert. Unauffällig schnüffelt er. Es ist windstill. Wären sie in der Nähe, würde er sie vermutlich riechen. Er schließt das Fenster und verriegelt es.

Die Frau steht mit verschränkten Armen in der Tür und sieht ihm zu. Vielleicht wäre es klüger gewesen, so zu tun, als nehme er ihre Angst nicht ernst, denn seine gewissenhafte Inspektion lässt sie unweigerlich glauben, dass er die Gegenwart eines Fremden für möglich hält. Die Tatsache, dass sich niemand im Zimmer und vor dem Fenster versteckt, scheint sie jedenfalls nicht restlos zu beruhigen.

»Hast du ein Schießeisen für mich?«, will sie wissen. Im ersten Moment glaubt David, dass sie es nicht ernst meint, aber sie sieht nicht aus, als würde sie scherzen. Er schüttelt den Kopf.

»Baseballschläger?«, fragt sie als Nächstes.

»Nein.«

Sie seufzt. »Du bist die meiste Zeit allein hier draußen. Wie verteidigst du dich, wenn kranke Typen auftauchen, und dich ausrauben und vergewaltigen wollen?«

Ihm geht durch den Kopf, dass jeder Fremde, der das Pech hat, in diesem Motel zu landen, vermutlich in größerer Gefahr schwebt als er. Dass die wahre Bedrohung von seiner Familie ausgeht. Von seinem Bruder, seinem Onkel und seiner Mutter. Von diesen Unmenschen, die im Keller lauern und von Zeit zu Zeit an die Oberfläche kriechen, wenn sich ihnen eine Gelegenheit bietet, das zu tun, was in ihrer Natur liegt: fressen. Töten.

Eleonor macht ein paar Schritte auf David zu und sieht ihn an. Sie wartet immer noch auf eine Antwort.

»Einen Augenblick, bitte. Ich komme gleich zurück.« Dann verlässt er das Zimmer und läuft noch einmal hinaus hinter das Motel. Als er eine Minute später mit der Axt zurückkehrt, steht die Frau in der offenen Zimmertür. Er zögert, weil er ihr, wenn sie ihm nicht aus dem Weg geht, viel zu nahe kommen müsste, um sich an ihr vorbei ins Zimmer zu schieben. Sie scheint den Grund seines Zögerns zu erkennen und macht ihm Platz. David gibt ihr das Beil. Im ersten Moment wirkt sie abgeschreckt, doch dann, nach ein paar Sekunden, ändert sich ihre Miene. Als hätte sie nach kurzer Überlegung für sich beschlossen, dass diese Axt eine adäquate Waffe zur Selbstverteidigung ist. Sie prüft den Zustand und das Gewicht des Beils und die Schärfe der Klinge. Dann schiebt sie es unter ihr Bett.

7

Erst gegen Mittag kommt Eleonor aus ihrem Zimmer. Ihre Haare sind zerzaust. Sie sieht blass und müde aus und reibt sich die Augen, ohne Rücksicht darauf zu nehmen, dass sie die schwarzen Farbreste noch mehr verwischt. Wieder trägt sie dasselbe Shirt. Wahrscheinlich hat sie darin geschlafen, denn es ist stark zerknittert. Sie ist barfuß, aber immerhin hat sie sich die Jeanshose übergezogen.

»Was waren das für Geräusche in der Nacht?«, fragt sie statt einer Begrüßung und kommt zu David an den Tresen. »Aber erzähl mir nicht wieder das Märchen von deinem angeblichen Hund.«

David gibt keine Antwort. Unter ihrem drängenden Blick bricht ihm der Schweiß aus. Er versucht, eine ahnungslose Miene aufzusetzen, als wüsste er nicht, wovon sie redet. In Wahrheit ist ihm klar, welche Geräusche sie meint. Zwar hatte er seinen Bruder und seinen Onkel dazu bringen können, sich in den Keller zurückzuziehen und nicht wieder hervorzukommen, doch in der Nacht waren sie besonders unruhig gewesen. Kein Wunder. Nachdem so lange niemand mehr hier aufgetaucht ist, erregt Eleonors Anwesenheit ihre Gemüter. Ihre Gier erwacht und ihr Hunger wird von Minute zu Minute quälender. Zeitweise verfallen sie gar für kurze Augenblicke in eine Form der

Raserei. Dann schlagen sie die Köpfe gegen die Wände, reißen sich selbst die Haare aus und winseln wie gefolterte Hunde. Es war schlimm letzte Nacht. David hat versucht, sie zu beruhigen und gehofft, dass Eleonor tief genug schläft, um nichts mitzubekommen.

»Bitte rede mit mir!«

Als ihm bewusst wird, dass er schon viel zu lange schweigt, nickt er hastig. »Tu ... tut mir leid«, stottert er. »Es ist ein altes Haus. Die Wasserleitungen verursachen von Zeit zu Zeit seltsame Geräusche. Und auch das Ungeziefer im Keller. Die Ratten.« Kurz fragt er sich, wie vielen Gästen er diese Lügen schon aufgetischt hat.

»Wie Ratten hörte sich das nicht an«, sagt sie.

David hat das Gefühl, dass sich der Boden unter seinen Füßen abwärts bewegt. Haltsuchend klammert er sich an der Holzkante der Tresenplatte fest. Ein Splitter bohrt sich unter seine Fingerkuppe und der plötzliche Schmerz lässt ihn zusammenzucken.

»Alles okay?« Eleonor blickt besorgt auf seine Hand.

David nickt. Der Splitter ist recht groß und steckt nicht besonders tief, sodass er ihn leicht herausziehen kann. »Dann wird es der Wind gewesen sein«, behauptet er. »Das ist normal hier. Ich bin so daran gewöhnt, dass es mir gar nicht mehr auffällt.«

»Blödsinn. Da draußen weht kein müdes Lüftchen.« Sie wirkt wütend. Schnell wendet er sich von ihr ab und lässt kühles Wasser über seine Hand laufen. Danach nimmt er das Geschirrtuch und trocknet sich damit ab. Sie beugt sich über den Tresen, stützt den Kopf auf und seufzt. »Vielleicht bin ich einfach nur meschugge und bilde mir alles bloß ein.« In diesem Moment sieht sie so verzweifelt aus, dass es David einen Stich versetzt. Natürlich spürt sie, dass er ein Geheimnis hat. Und die Tatsache, dass er ihr gegenüber nicht offen ist, scheint sie mehr zu quälen als die Neugier auf das Geheimnis selbst.

Er räuspert sich. »Ich sagte ja schon, es ist ein sehr altes Haus mit ächzenden Balken und rasselnden Wasserleitungen.« Als er ein Motorengeräusch hört und durch die offen stehende Tür den blauen Pick-up näherkommen sieht, atmet er auf. Der Wagen wirbelt eine imposante Staubwolke hinter sich auf. Aus irgendeinem Grund hat Harvey die Angewohnheit, immer zu rasen, als wäre er auf der Flucht vor dem Teufel. Eleonor blickt über ihre Schulter nach draußen. »Wer ist das?«

»Harvey. Mein Nachbar. Er wohnt ein paar Meilen von hier.«

David geht hinaus und Eleonor folgt ihm.

Harvey winkt ihnen aus dem offenen Seitenfenster zu, noch bevor der Laster zum Stehen kommt. Er steigt aus und klopft sich Staub von der zerschlissenen Latzhose, die er schon trug, als David ein kleiner Junge war. Darunter hat er eine gelbgeblümte Damenbluse mit Rüschenkragen an, die David zum ersten Mal an ihm sieht. Harvey hat eine Vorliebe für elegante Damenblusen. Er kauft sie in Phoenix, wo er regelmäßig seine Eltern besucht. Sein schütteres, graues Haar hat er mit viel Pomade akkurat zurückgekämmt und mit einem violetten Band zu einem dünnen Zopf zusammengebunden. Er trägt einen gepflegten Vollbart. Nur der Bereich um die fast zehn Zentimeter lange Narbe, die an seinem Kinn verläuft, ist haarlos. Harvey beugt sich noch einmal ins Auto, zieht einen Revolver aus dem Handschuhfach und lässt ihn in die Hosentasche gleiten. Dann boxt er David freundlich gegen die Schulter, bevor er sich Eleonor zuwendet. Sie streckt ihm die Hand entgegen und scheint sich nicht daran zu stören, dass er einen Revolver bei sich trägt.

»Eleonor«, sagt sie. »Sie sind Harvey, richtig?«

»Da bist du korrekt informiert, Mädchen.« Er lächelt sie breit an.

»Harvey bringt mir Lebensmittel und was ich sonst so brauche«, erklärt David. Eleonor nickt. Als Harvey die Klappe des Lasters öffnet und sie die drei Kisten sieht, greift sie sich kurzerhand eine davon und zieht sie zu sich heran. Sie wuchtet die Kiste von der Ladefläche und hat im ersten Moment Mühe, die Last zu bewältigen. David will ihr helfen, aber sie dreht ihm den Rücken zu und gibt ihm so zu verstehen, dass sie es allein schafft. Zügig schleppt sie die Kiste ins Haus.

»Stellen Sie sie einfach auf den Boden neben den Tresen«, ruft er ihr hinterher.

Harvey sieht ihr nach und als sie ins Haus verschwindet, seufzt er. »Ich hätte auch gern so einen Hintern.« Lachend schlägt er David etwas zu grob gegen die Brust, doch kurz darauf wird seine Miene ernst. »Ist die Kleine allein hier?«

David nickt. »Ja. Ja, aber ich hab alles unter Kontrolle.«

»Hm«, erwidert Harvey. »Sie sieht ein bisschen schräg aus. Drogensüchtig?«

»Nein. Sie hat nur nicht gut geschlafen«, antwortet David. »Wegen der Hitze.«

Harvey mustert ihn.

»Keine Sorge. Alles unter Kontrolle«, wiederholt David leise, weil Eleonor schon wieder aus dem Haus kommt. Harvey nickt und tastet nach dem Revolver in seiner Tasche, als wollte er sich davon überzeugen, dass er noch da ist. Schließlich greift er sich ebenfalls eine Kiste und trägt sie hinein. David nimmt die letzte und folgt ihm.

Anschließend stehen sie zu dritt vor der Tür. Eleonor und Harvey rauchen.

»Der kleine Floh kann ordentlich anpacken«, sagt Harvey zu David und zwinkert Eleonor zu. Sie lacht und scheint sich über das Kompliment zu freuen.

David schiebt die Fäuste in die Hosentaschen und scharrt ein wenig mit der Schuhspitze über den Sandboden. »Könntest du dir vielleicht mal ihr Auto ansehen, Harvey?« Mit dem Kopf deutet er auf Eleonors Wagen. Harvey dreht sich um und bläst eine Qualmwolke in die Luft.

»Das wäre großartig«, sagt Eleonor hoffnungsvoll.

»Bist wohl hier gestrandet, Kleine? Startet er nicht mehr?« Harvey wirft David einen Seitenblick zu.

»Er fährt noch... «, antwortet Eleonor, »aber der Motor hört sich eigenartig an. Vielleicht können Sie feststellen, ob es was Ernstes ist. Ich will ungern mitten in der Wüste liegenbleiben.«

Harvey schnippst die Zigarette weg und kratzt sich den Nacken. »Heute hab ich keine Zeit. Ich bin schon spät dran und muss gleich weiter«, sagt er, nachdem er eine Weile überlegt hat. »Meine Mutter macht Klöße mit Beeren. Pünktlich zum Abendessen muss ich am gedeckten Tisch sitzen. Es ist wichtig für sie, weil jeder meiner Besuche das letzte Mal sein könnte. Ma und Pa sind beide über neunzig, Kindchen ... Heute passt es mir wirklich nicht, nach dem Wagen zu schauen.«

David sieht seinem Freund an, dass er sich mit der Antwort schwertut. Harvey kratzt sich erneut den Nacken. »Ich komme erst übermorgen zurück. Dann könnte ich mir den Patienten mal ansehen. Aber ich glaube kaum, dass du so lange warten kannst, Kleine.«

»Übermorgen«, murmelt Eleonor nachdenklich.

David mustert sie von der Seite. *Sie darf auf keinen Fall so lange bleiben.* Aber dann nickt sie entschlossen. »Abgemacht. Übermorgen. Vielen Dank, Harvey!«

Harvey fährt sich über die Rüschen seiner Bluse und wendet sich David zu. Es liegt eine gewisse väterliche Strenge in seinem Blick. David weiß, dass Harvey ihm vertraut. Aber dieser Blick scheint ihn fragen zu wollen, ob er weiß, worauf er sich einlässt, wenn die Frau weiter bei ihm bleibt.

»Ist alles ruhig im Haus, mein Junge?«, fragt Harvey schließlich.

David bemerkt, dass Eleonor aufhorcht. Schnell nickt er Harvey zu und läuft dann nach drinnen, um die leeren Kisten von Harveys letzter Lieferung zu holen. Er stellt sie auf die Ladefläche und schließt die Klappe. Harvey verabschiedet sich und macht sich auf den Weg.

8

Eleonor stellt sich dicht vor David und sieht ihm starr in die Augen. »Warum wollte dein Freund wissen, ob im Haus alles ruhig ist?«

»Das hatte keine tiefere Bedeutung«, antwortet er ein wenig zu schnell und weicht zurück.

»Wofür ist das Fleisch?«, will sie wissen. »In den Kisten ist jede Menge davon. Für dich und ein oder zwei Gäste im Monat ist das ganz schön viel.«

David fühlt sich in die Enge getrieben. »Wenn Harvey günstig Fleisch auftreibt, bringt er etwas mehr mit. Ich konserviere es.«

Eleonor presst die Lippen aufeinander und kommt ihm noch etwas näher. »Ist es für den Kerl, den du in deinem Keller eingesperrt hast?«

Die Frage trifft ihn wie ein Faustschlag. Augenblicklich verkrampfen sich seine Muskeln. Eleonor starrt ihn an. »Ich merke, dass du Angst hast, mir die Wahrheit zu sagen. Aber ich bin nicht blöd. Ich hab doch recht, oder? Da ist jemand im Keller … Ist es einer deiner Gäste, der durchgedreht ist? Hast du dir nicht anders zu helfen gewusst, als ihn einzusperren?«

David schüttelt langsam den Kopf.

»Was auch passiert ist … Vielleicht kann ich dir irgendwie helfen«, sagt sie.

Davids Kehle scheint sich immer mehr zusammenzuziehen. Eleonor packt ihn an den Armen. Er will sie wegstoßen, will weglaufen, aber er kann sich nicht bewegen. Er hat das Gefühl zu ersticken und ringt nach Luft. Eleonor redet auf ihn ein, doch was sie sagt, dringt nicht mehr zu seinem Verstand durch. Dann wird ihm schwarz vor Augen. Er sackt zu Boden, rollt sich im heißen Sand zusammen, umklammert seine Beine und kneift die Augen zu. Ein unerträglich lautes Rauschen in seinen Ohren droht ihm den Kopf zu zersprengen. Er spürt ihre Hände, die an ihm rütteln. Finger, die sich in seinen Arm und seine Schulter bohren, ihm dann über den Rücken und über den Kopf streichen. Er verbirgt sein Gesicht vor ihr. Sie soll ihn nicht sehen. Sie soll gehen und ihn allein lassen.

»Ist ja gut, David.« Sie sagt es immer wieder. Bald ist es nur noch ein Flüstern.

Nach einer Weile beruhigt sich seine Atmung. Er versucht, die verkrampften Muskeln zu entspannen, nimmt langsam die Hände vom Gesicht und wischt sich den Sand von der schweißnassen Haut. Er blinzelt gegen die Sonne und sieht, wie Eleonor einen Meter von ihm abrückt und dort sitzen bleibt, als wollte sie ihm damit zeigen, dass sie ihn nicht mehr bedrängen wird.

David setzt sich langsam auf. In seinen Schultern und Armen spürt er noch das schmerzhafte Ziehen der Anspannung, in der sein Körper sich eben befunden hat. Er bleibt mit gesenktem Kopf sitzen.

»Ich weiß, dass da etwas ist, das dich quält«, hört er sie leise sagen. »Etwas, das du mir nicht erzählen willst ... oder kannst. Es muss etwas sehr Schlimmes sein. Tut mir leid, dass ich dich so bedrängt habe. Dazu habe ich kein Recht. Ich meine ... ich bin eine Wildfremde für dich.«

David hört ihre Worte, das Beben in ihrer Stimme, und aus dem Nichts überkommt ihn ein tiefes Verlangen, ihr *alles* zu sagen. Wenn er es täte, würde sie vor Entsetzen die Flucht ergreifen, würde in ihr Auto steigen und so schnell sie kann, fortfahren. Es wäre das Beste.

Er hebt den Kopf, sieht sie an und erkennt die Angst in ihren Augen. »Das Fleisch ...«, beginnt er leise.

Sie wischt sich eine Haarsträhne aus dem Gesicht und nickt, um ihn zum Weitersprechen zu ermutigen.

Er atmet tief durch. »Das Fleisch und das ganze Zeug ... Es ist für meine Familie.«

Sie stutzt. »Aber du sagtest, sie wären alle ... fort.«

Er schüttelt den Kopf. »Sie sind nicht fort. Die Geräusche aus dem Keller ... *Sie* sind da unten.«

Einen Moment lang ist Eleonor stumm. »Warum?«, fragt sie schließlich. »Warum ist deine Familie da unten?«

»Sie sind aus freiem Willen dort.« Er hofft, dass die Antwort sie ein wenig beruhigt.

»Aus freiem Willen?«

»Ja ... freiwillig, das heißt ... jedenfalls die meiste Zeit.« David senkt den Blick und starrt auf einen kleinen Stein, der eine Armlänge entfernt von ihm im Sand liegt und dessen Form ihn ein wenig an einen Totenschädel erinnert. »Nur manchmal ist es nötig, dass ... dass ich sie einsperre oder ankette. Zur Sicherheit.«

Diese Informationen überfordern sie, er sieht es ihr an. Er ist sich darüber im Klaren, dass er gerade eine Grenze überschreitet. Er erzählt ihr von seiner Familie. Aus einem Impuls heraus. Und jetzt kann er es nicht mehr ungeschehen machen. Er weiß, es ist ein Fehler, doch es fühlt sich befreiend an.

»Wer ... Also, wie viele?« Sie ist so verwirrt, dass ihr die Frage nicht zusammenhängend über die Lippen kommt.

Mit dem Fuß schiebt David Sand über den Totenkopfstein. »Mein Bruder Felipe«, antwortet er, »meine Mutter und mein Onkel Eduardo.«

Eine Träne rollt Eleonor über die Wange. Schnell wischt sie sie weg. »Ich versteh's nicht ganz ... Sie sind immer da unten? Die ganze Zeit?«

David schüttelt den Kopf. »Wenn wir keinen Gast haben, können sie sich frei bewegen. Aber sie sind so an den Keller gewöhnt, dass sie fast immer dort unten bleiben.«

»Was haben sie getan? Warum ist es nötig, sie einzusperren?«

David spürt, dass sie sich vor der Antwort fürchtet. Und er kann ihr unmöglich sagen, was sie getan haben. Wie viele Menschen sie auf entsetzliche Weise gequält und zerfleischt haben. »Schlimme Dinge«, murmelt er und ist erleichtert, dass sie nickt und sich damit zufriedenzugeben scheint.

»Ich weiß ... Es ist falsch, sie einzusperren wie Tiere, aber ich kann sie nicht der Polizei übergeben. Sie sind meine Familie. Ihre furchtbaren Verbrechen ... All das ist Vergangenheit, und im Grunde konnten sie nichts dafür, verstehen Sie?«

Eleonor nickt mechanisch.

»Sie im Keller einzusperren, mich um sie zu kümmern ... Das ist das Einzige, was ich machen kann. Ich sorge dafür, dass sie nichts Böses mehr anrichten.«

»Hast du keine Angst vor ihnen?«, fragt Eleonor.

»Nein.« David schüttelt den Kopf. »Alles, was sie mir antun konnten, haben sie mir bereits angetan.« Er spürt, dass sie wissen möchte, was für Dinge das waren, aber sie wagt es nicht, die Frage zu stellen. Eine Weile scheint sie abzuwarten, ob er von selbst weiterspricht. Irgendwann kriecht sie auf ihn zu. Automatisch verspannt sich Davids Körper wieder. Er kämpft gegen den Fluchtreflex an. Sie kniet dicht vor ihm. Er weiß nicht, was sie vorhat und sie scheint es für ein paar Sekunden selbst nicht zu wissen. Dann beugt sie sich ihm entgegen und umarmt ihn. Zuerst zaghaft, weil sie unsicher ist, wie er reagiert. Er stößt sie nicht weg. Ihre Umarmung wird fester. Davids Herz pocht. Diese körperliche Nähe zu einem anderen Menschen ist ihm fremd. Ihr weiches Haar kitzelt seine Wange. Er drückt sein Gesicht an ihren Hals. Ihre Haut ist warm und riecht angenehm, leicht salzig.

»Du zitterst«, flüstert sie.

David löst sich langsam von ihr. »Die Lebensmittel«, sagt er, ohne Eleonor anzusehen. »Ich muss mich darum kümmern.«

»Ich helfe dir.« Sie springt auf und läuft schon zur Tür.

»Nein. Bitte ... Eleonor. Ich erledige das schnell allein.« Es ist das erste Mal, dass er sie bei ihrem Namen nennt. Sie streicht sich das Haar hinters Ohr und sieht ihn an. Sie lächelt.

9

Das kleine Zimmer hinter dem Tresen ist ein beengter Raum, dessen Regale vollgestopft sind mit den unterschiedlichsten Dingen. Sorgsam gefaltete Handtücher und Bettbezüge stapeln sich neben Konservendosen, Mineralwasserkanistern, Toilettenpapierrollen, Reinigungsmitteln, Aktenordnern und Fotoalben aus vergangenen Zeiten. David steht über den niedrigen Holztisch gebeugt, zerteilt eilig einen Brocken des rohen Fleischs und legt die Stücke in eine Blechschüssel. Der Geruch stößt ihn ab. Noch mehr die Vorstellung, wie sein Bruder und die anderen sich gleich über die Mahlzeit hermachen werden. Wie sie das zähe Fleisch hinunterwürgen und sich nicht die Zeit nehmen, zu kauen, aus Angst, weniger abzubekommen.

David findet sie im letzten Winkel des Kellers. Scheinbar friedlich kauern sie beieinander in der Ecke. Er hat sie geweckt. Sie sind noch ein wenig benommen und reiben sich die Augen, doch dann riechen sie das Fleisch und sind mit einem Schlag hellwach. Es läuft immer gleich ab, aber an diesem Tag ist David unkonzentriert und verpasst es, die Schüssel rechtzeitig abzustellen. Wie tollwütige Bestien stürzen sie ihm entgegen, entreißen ihm die Schüssel und stoßen ihn dabei zu Boden.

David schlägt sich den Kopf an der Wand an. Er sieht, wie sie bereits wieder auseinanderhuschen, und sich jeder von ihnen in eine eigene Ecke verkriecht, um zu fressen. Seine Mutter ist nur noch ein schwarzer Schatten in der Dunkelheit. Während sie kaut, knurrt sie bedrohlich, als wollte sie die anderen warnen, ihr nicht zu nahe zu kommen. Onkel Ed, der im Schimmer der Glühbirne hockt, atmet schwer und röchelt. Seine Augen, die seit jeher auf groteske Weise in verschiedene Richtungen starren, treten unheilvoll hervor und scheinen im Dunkel zu glühen. Davids Bruder Felipe schließlich ist der abstoßendste von allen. Nicht wegen seines Äußeren, sondern wegen seines ganzen verkommenen Wesens. Er verschlingt das Fleisch und scheint nichts um ihn herum wahrzunehmen.

Sie so fressen zu sehen, ist abgrundtief widerwärtig. Und doch ist es gut, dass sie sich mit dem Aas zufriedengeben, denkt David. Es ist gut, wenn es sie davon abhält, sich die Frau zu holen.

In der Mitte des Raumes liegt die leere Schüssel. David zieht sie zu sich heran und steht auf. Dann verlässt er eilig den Keller.

Später, nachdem er die übrigen Lebensmittel aus Harveys Lieferung verstaut hat, geht er nervös im Empfangsbüro auf und ab. Was wird die Frau jetzt tun? *Eleonor.* Was wird sie tun, sobald sie den ersten Schock überwunden hat und sich der Bedeutung seines ungeheuerlichen Geständnisses klarer wird? Es ist David unbegreiflich, dass es überhaupt so weit gekommen ist. Was hat ihn dazu getrieben, ihr Dinge zu erzählen, die seine gesamte Familie und ihn auf den elektrischen Stuhl bringen könnten? Rückblickend kommt es ihm vor, als hätte er keine Wahl gehabt. Die Wahrheit ist förmlich aus ihm herausgebrochen. Nachdem sie sich all die Jahre wie ein Gespenst in den Schatten des Motels verborgen und auf diesen Moment gelauert hat, um hervorzudrängen.

Eleonors Wagen parkt noch immer vor dem Haus. *Noch* ist sie nicht geflohen. Aber vielleicht hat sie die Sachen gepackt und will verschwinden, traut sich nur nicht aus dem Zimmer. David setzt sich aufs Sofa, hält das Stillsitzen jedoch nicht lange aus und geht zurück hinter den Tresen. Was er ihr durch seine fatale Offenheit angetan hat, ist unverzeihlich. Hat er sie dadurch nicht bereits umgebracht? Er spürt ein dumpfes Pochen im Bereich seiner Schläfen. Vertraute Schmerzen, die ihn oft plagen, besonders dann, wenn er nächtelang kaum schläft. Er geht zum Fenster und zieht die Gardine vor. Der Raum kommt ihm irgendwie stiller vor als sonst. Das einzige Geräusch ist das leise Brummen des Deckenventilators, der die stickige Luft kaum bewegt. Die Tür steht offen. Staubpartikel schweben träge im Licht der einfallenden Sonnenstrahlen.

Als er ein blechernes Poltern hört, das von draußen zu kommen scheint, läuft er ins Hinterzimmer und blickt aus dem kleinen Fenster. Die Frau steht am Rand des Pools und versucht offenbar, eine verrostete Wagenstoßstange herauszuziehen, die sich unter den Schrottteilen befindet. David versteckt sich hinter der halb vorgezogenen Gardine und sieht ihr eine Weile zu. Nachdem sie die Stoßstange geborgen und beiseitegelegt hat, macht sie sich an einem anderen Gegenstand zu schaffen. Mühevoll zerrt sie einen dreibeinigen Plastikstuhl heraus. Dann einen eingedrückten Wasserkanister. »Was tut sie da nur?«, flüstert David. *Warum ist sie immer noch hier?* Er beobachtet, wie sie sich das wilde Haar aus den Augen schiebt und einen alten Werkzeugkasten inspiziert, den sie ebenfalls aus dem Poolbecken gezogen hat. Neugierig durchwühlt sie den Inhalt, vermutlich eine traurige Sammlung verbogener Schraubenzieher, rostiger Zangen und Nägel. Nachdem sie den Kasten beiseitegestellt hat, bemerkt sie, dass ihre Finger schmutzig sind. Vielleicht ist es Schmieröl, das im Werkzeugkasten ausgelaufen ist. Sie reibt mit den Handflächen über den Sand und wischt sie dann an ihren Hosenbeinen ab.

Diese Eleonor ist ihm ein Rätsel. Ihr Verhalten ist nicht normal. Es ist sogar völlig irrational. Aber sie wird ihre Gründe haben, weshalb sie noch immer hier bei ihm ist, glaubt David. Vielleicht ist es nur der verzweifelte Versuch, ihrer eigenen Realität zu entkommen. Ihrem eigenen persönlichen Albtraum.

»Da ich jetzt also noch ein paar Tage bleibe, mach ich mich mal nützlich!«, ruft sie David zu, als sie ihn kommen sieht.

»Was …? Was haben Sie denn vor?« Er bleibt ein Stück vom Beckenrand entfernt stehen und blickt auf das Gerümpel, den sie dort angehäuft hat.

»Den Pool in Ordnung bringen, natürlich«, antwortet sie, als wäre das die einfachste Sache der Welt.

»Aber … das müssen Sie nicht machen. Es ist außerdem sehr warm heute … Fünfunddreißig Grad fast«, sagt er. Abgesehen davon, dass sie hier ausgerechnet zur heißesten Zeit des Tages in der sengenden Mittagshitze schuftet, grenzt es an Wahnsinn, die riesige Menge Schrott mit bloßen Händen aus dem Becken holen zu wollen.

»Und wenn schon!«, entgegnet sie stur, zieht einen abgebrochenen Besenstiel heraus und versucht, ihn auf dem Zeigefinger zu balancieren. »Ich schlage vor, wir kümmern uns zuerst um die sperrigen Sachen. Danach ist es sicher ein Kinderspiel.« Sie legt den Besenstiel weg, steigt in das Becken und klettert über die Schuttberge. Wenigstens hat sie sich für die Aktion Schuhe angezogen, denkt David. Vorsichtig nimmt sie einen Spiegel, dessen Glas von Rissen durchzogen ist, und legt ihn auf dem Poolrand ab. Dann zerrt sie an einem rostigen Kronleuchter, schafft es aber nicht, ihn zwischen den Müllteilen hervorzuziehen. »Was ist, hilfst du mir?«

David klettert zu ihr, und gemeinsam befördern sie den Kronleuchter, einen Klappstuhl, einen Autoreifen und mehrere Farbeimer heraus. Dann eine Weinkiste, ein paar Pflanzkübel, Teile eines alten Automotors, einen Gartenschlauch und das rostige Gerippe eines Fahrrads. Nach zehn Minuten sind sie schweißgebadet. Und nach weiteren zwanzig Minuten spürt David die Anstrengung in seinen Muskeln.

Die ganze Zeit über spricht sie ihn nicht ein einziges Mal auf seine Familie an. In der Art, wie sie ihn ansieht, entdeckt er keine Anzeichen von Angst. Vielleicht täuscht David sich auch, denn ihre Blicke treffen sich immer nur kurz, aber auf ihn wirkt ihre Miene freundlich, voller Mitgefühl. Inzwischen hatte sie etwas Zeit, über die Dinge nachzudenken, die er ihr gesagt hat, und doch scheint sie *noch immer* nicht angewidert von ihm zu sein.

Als Eleonor unter dem Gerümpel einen Kühlschrank entdeckt, seufzt sie, doch ihre Entschlossenheit scheint ungebrochen.

»Hey, lässt du mich schon im Stich?«, will sie wissen, als David aus dem Pool steigt.

»Ich hole eine Schubkarre«, antwortet er. »Dann kann ich den ganzen Kram in die Scheune schaffen.«

»Super Idee!« Sie strahlt ihn an, und ihr kindliches Gemüt berührt ihn. Sie hält die Hand an die Stirn, um ihre Augen vor der Sonne abzuschirmen, und blickt hinüber zur großen, windschiefen Scheune, die etwas abseits vom Haus steht, in etwa hundert Metern Entfernung, unscheinbar hinter einer Gruppe trockener Sträucher. In Wahrheit gleicht diese Bruchbude mittlerweile mehr einer Ruine als einer Scheune und das Dach ist bereits zur Hälfte eingefallen.

Eleonors Wangen sind von der Sonne gerötet, und auf ihrer schweißnassen Stirn kleben Haarsträhnen. David hält dieses Vorhaben noch immer für verrückt und insgeheim bezweifelt er, dass der Pool je wieder als solcher genutzt werden wird. Aber diese Eleonor hat es sich nun mal in den Kopf gesetzt. Die sengende Hitze und die schweren Schrottteile scheinen ihre Entschlossenheit sogar noch zu verstärken.

Zügig lenkt er die Schubkarre über die staubtrockene Erde. Seine Füße brennen in den Lederschuhen. Er ist erschöpft, und doch tut ihm die Anstrengung gut, weil sie ihn von allem anderen ablenkt. *Ihr* geht es vielleicht ähnlich.

Als sie David mit der Schubkarre kommen sieht, klettert sie aus dem Pool. Lächelnd wischt sie sich mit dem Shirtärmel den Schweiß aus dem Gesicht. »Fährst du mich eine Runde in dem Ding spazieren?« Sie steigt in die Schubkarre, ohne sich an dem Staub und Dreck zu stören. »Fahr los! Aber gib ordentlich Gas! Bis zu den Kakteen da vorn und wieder zurück. Danach tauschen wir.« Sie macht ein euphorisches

Gesicht, wie ein Kind, das sich für sein neues Spiel begeistert, und David verspürt eine gewisse Lust, ihr den Wunsch zu erfüllen. Aber die Hitze ist drückend.

»Wir sollten etwas trinken und für eine Weile aus der Sonne. Machen wir erst mal eine Pause«, schlägt er vor. Ihre enttäuschte Miene versetzt ihm einen Stich. Trotzdem willigt Eleonor ein und steigt wieder aus der Schubkarre.

»Gehen wir nach drinnen?«, fragt David.

Sie schüttelt den Kopf. »Setzen wir uns einfach ein paar Minuten in den Schatten.« Da die Sonne fast im Zenit steht, wirft das Haus nur einen schmalen Schattenstreifen. Eleonor setzt sich in den Sand, mit dem Rücken an die Hauswand gelehnt, und zieht die Beine an. »Fünf Minuten Pause, die Uhr tickt!«, ruft sie ihm zu und deutet auf ihr Handgelenk, an dem sie gar keine Armbanduhr trägt. »Und dann bringen wir die erste Schubkarrenladung in die Scheune!«

»N ... Nein.«

Eleonor stutzt. »Nein? Aber das war doch dein Vorschlag.«

»Ja. Ich erledige das mit der Scheune allein.«

»Warum denn?«, hakt sie nach.

»Weil sie ... Die Scheune ist einsturzgefährdet.«

Eleonor grinst und rollt mit den Augen.

»Ich mein's ernst«, sagt David. »Sie sollten Abstand halten.«

»Okay, aber was wird aus mir, wenn die Hütte zusammenfällt und dich unter sich begräbt?«

David muss lächeln. »Ich bin vorsichtig.«

»Hm.«Sie blickt wieder zur Scheune. Schon von Weitem wird sie erkennen, in welch schlechtem Zustand sie ist. Was sie nicht sehen kann, ist, dass in ihrem Innern nur noch einer der tragenden Balken aufrecht steht und das Konstrukt irgendwie zusammenhält. Doch auch dieser letzte Balken ist bereits angebrochen und die kleinste Einwirkung von außen – der nächste stärkere Wind womöglich – könnte genügen, um die Scheune endgültig in sich zusammenfallen zu lassen. Es wäre lebensgefährlich, einen Fuß hineinzusetzen, aber es spricht nichts dagegen, einen Teil des Schrotts von der Tür aus ins Innere der Scheune hineinzuwerfen.

David zupft an seinem Hemd herum. Der Stoff klebt auf seiner Haut. Er sehnt sich nach einer kühlen Dusche, aber er möchte Eleonor nicht allein hier draußen sitzen lassen. Wahrscheinlich würde sie mit der Arbeit weitermachen, sobald er ihr den Rücken zukehrt. Und jetzt, wo er sie vor der Scheune gewarnt hat, traut er es ihr sogar zu, dass sie versuchen würde, dort hineinzugelangen.

»Wir müssen etwas trinken. Bitte warten Sie kurz hier«, sagt er, läuft ins Haus und kehrt mit einer vollen Wasserkaraffe und Gläsern zurück. Gierig trinken sie beide jeweils zwei Gläser leer.

10

»Wieso habt ihr dem Pool das nur angetan?«, fragt sie und blickt wehmütig auf das Chaos vor ihnen. Jetzt, da überall am Beckenrand Gegenstände herumliegen, wirkt der Zustand des Pools schlimmer denn je. David sieht Eleonor kurz an. Ein Wassertropfen perlt von ihrer Unterlippe. Die schwarze Farbe unter ihren Augen ist durch den Schweiß noch stärker verlaufen. Wie Spuren dunkler Tränen, die sich über ihre Wangen ziehen.

»Ich weiß nicht ...« Er stellt das Glas neben sich in den Sand. »Es hat sich im Laufe der Jahre irgendwie verselbstständigt. Den Schrott im Becken zu sammeln, war einfacher, als ihn zu vergraben.«

Eleonor stellt ihr Glas ebenfalls beiseite, rappelt sich auf und macht sich daran, die kleineren und mittelgroßen Gegenstände vom Beckenrand in die Schubkarre zu laden. »Bleib nur sitzen und ruh dich aus«, sagt sie grinsend.

Eine Weile sieht David ihr zu. Ihre ungebremste Entschlossenheit rührt ihn. Ihr unbedingter Wille, Ordnung in dieses unsägliche Chaos zu bringen, das seine Familie und er seit Jahrzehnten aufgebaut haben. Als sie eine Felge in die Schubkarre zu wuchten versucht, steht David auf und hilft ihr. Nachdem sie es geschafft haben, hält sich Eleonor die

Hand an die Stirn und stützt sich mit der anderen am Rand der Karre ab. Sie wankt leicht und lässt sich in der nächsten Sekunde auf den Boden sinken.

»Eleonor. Was haben Sie?« Ihm ist klar, wie dumm die Frage ist. Die Hitze, die Anstrengung. Ihr Kreislauf spielt vermutlich verrückt. Er hockt sich vor sie und versucht, in ihr Gesicht zu sehen. Sie hebt eine Hand, um ihm zu signalisieren, dass alles in Ordnung ist. »Mir ist nur kurz schwarz vor Augen geworden. Geht gleich wieder.«

»Ist Ihnen übel?«, fragt er besorgt.

»Ein bisschen.«

Er kommt sich wie ein Trottel vor. Er hätte ihr viel früher etwas zu trinken anbieten müssen. Und gegessen hat sie heute bestimmt auch noch nichts. Schnell füllt er ihr Glas erneut auf und hält es ihr hin, aber sie will es nicht. Hastig knöpft er sein Hemd auf, zieht es aus, schüttet Wasser darüber und gibt es ihr in die Hand. »Legen Sie sich das zum Kühlen in den Nacken.«

Diesmal gehorcht sie. Sie schiebt sich die Haare aus dem Nacken. Als der tropfnasse Stoff ihre Haut berührt, seufzt sie leise. Kurz darauf versucht sie, aufzustehen. David will ihr dabei helfen, aber er zögert, sie zu berühren. Schließlich steht sie scheinbar sicher auf den Beinen und lächelt schon wieder.

»Bitte entschuldigen Sie«, sagt er. »Ich hätte nicht zulassen dürfen, dass Sie sich so verausgaben.«

»Du hast ja versucht, mich zu bremsen. Ich bin nun mal ein Dickkopf.« Sie grinst. »Kuck nicht so, als wäre ich fast gestorben. Mir geht's blendend.« Sie setzt sich wieder in den Schatten der Hauswand, schüttet den Rest des Wassers aus der Karaffe über sein Hemd und tupft sich damit übers Gesicht. Dann schiebt sie sich den Stoff unter ihr Shirt und legt ihn sich auf den Bauch. Sie bedeutet David, sich zu ihr zu setzen, indem sie mit der Handfläche neben sich auf den Boden klopft. Er rührt sich nicht von der Stelle, blickt unschlüssig auf seine Füße und reibt sich die Schulter. Ohne sein Hemd fühlt er sich nackt. Außerdem ist er verschwitzt. Alles in ihm sträubt sich dagegen, sich ihr zu nähern und wieder so dicht neben ihr zu sitzen wie eben. Aber dann überwindet er sich und tut es doch.

Er ist ein bisschen froh, dass Eleonor die Augen schließt, den Kopf gegen die Wand lehnt und ihn nicht ansieht. Sie atmet mehrmals tief ein und aus.

»Geht es Ihnen wirklich gut?«

»Ja.« Sie lächelt, ohne die Augen zu öffnen. »Es ist so still hier bei dir. So friedlich.«

Friedlich. David glaubt im ersten Moment, sie meint es zynisch. Aber womöglich empfindet sie diesen Frieden tatsächlich.

»Ich liebe die heiße Luft«, sagt sie. »Darin liegt eine gewisse Schwere, die alles zu ersticken scheint. Es verstärkt das Gefühl der Isolation in der endlosen Weite der Wüste. Alles ist träger und stiller als da, wo ich herkomme. In meiner Stadt bekommst du tosenden Verkehrslärm, unablässiges Autohupen und verdreckte, stinkende Straßen.«

David betrachtet ihr Profil. Die schwarzen Wimpern. Den zarten Schwung ihrer Lippen. Dann die leichte Erhebung unter ihrem T-Shirt, dort, wo sein Hemd liegt.

»Dein Motel ist wie eine Insel in einem Meer aus Sand und Stille«, sagt sie. Als er nichts erwidert, öffnet sie die Augen und sieht ihn an. »Rede ich Unsinn? Nimm mich am besten gar nicht ernst.«

»Nein. Schon okay.« Er hätte gern etwas anderes geantwortet. Etwas, das ihr zu verstehen gibt, dass er nichts, was sie sagt, für Unsinn hält.

Er bemerkt, dass ihr Blick kurz an seinem Oberkörper hinuntergleitet, bevor sie die Augen wieder schließt. Seine Eingeweide verkrampfen sich. Was sie wohl über ihn denkt, wenn sie ihn ansieht? Vielleicht vergleicht sie ihn mit diesem Freund, den sie zu Hause hatte und der mit hoher Wahrscheinlichkeit um einiges kräftiger und männlicher gebaut ist als David mit seinem schlaksigen, kantigen Körper. Er sitzt viel zu nahe neben ihr. So nahe, dass er kaum wagt, zu atmen. Er hat das Bedürfnis, von ihr abzurücken, wegzulaufen, sich im Haus vor ihr zu verstecken.

Sie zieht ein schmutziges Plüschtier unter einem Stapel von Gegenständen in ihrer Reichweite hervor. Erst, als sie den groben Schmutz mit den Fingern abgewischt hat, erkennt David den Stoffbären, den er als Kind besessen hat.

»Was ist?«, fragt Eleonor, die sein Erstaunen bemerkt hat. Sanft nimmt er ihr den Bären aus der Hand, streicht über die überdimensional großen Ohren und den Stoff, der schon so stark verwittert und löchrig ist, dass an mehreren Stellen das Füllmaterial herausquillt. »Meine Mutter hat mir den Bären weggenommen. Ich dachte nicht, dass ich ihn je wiedersehe.«

»Warum hat deine Mutter ihn dir weggenommen?«, will Eleonor wissen. David spürt ihren Arm, der seinen ganz zart berührt. Ihre Haut auf seiner verursacht ihm ein leichtes Brennen, aber er rückt noch immer nicht von ihr ab. »Die Frau, die mir den Bären geschenkt hat ... sie wohnte eine Zeit lang im Motel ...«, beginnt er, dann presst er die Lippen aufeinander, gibt Eleonor das Stofftier zurück und steht auf. Bevor sie die Chance hat, Fragen zu stellen, wer diese Frau war. »Ich brauche dringend eine Dusche«, sagt er, reicht Eleonor die Hand und hilft ihr auf.

II

Eleonor ist schon seit über einer Stunde in ihrem Zimmer. Vor Sorge um sie ist David in dieser Zeit zweimal an ihre Tür geschlichen, um zu lauschen. Während er beim ersten Mal das gedämpfte Rauschen des Wasserhahns aus dem Bad gehört hat, war es beim zweiten Mal völlig still. Er hat der Versuchung widerstanden, durch das Schlüsselloch zu sehen und sich letztlich auch dagegen entschieden, anzuklopfen. Vorhin hat sie sich zweifellos einen leichten Hitzschlag zugezogen, und letzte Nacht hat sie kaum ein Auge zugemacht. Bestimmt hat sie sich hingelegt, und Schlaf ist jetzt gut für sie. Trotzdem hofft David, dass sie heute noch einmal aus ihrem Zimmer kommt. Seine Gedanken kreisen pausenlos um sie … Sie ist wie ein Wirbelwind, der durch die verstaubten labyrinthartigen Pfade seines Ichs streicht. Pfade, in die vor ihr nie jemand vorgedrungen ist und die er selbst stets gemieden hat.

Er beugt sich über die Spüle, dreht den Hahn voll auf und wirft sich immer wieder Wasser ins Gesicht. Binnen Sekunden ist sein Hemd durchnässt, aber die Kühle tut gut. Als er sich aufrichtet, sitzt Eleonor auf dem Hocker, hat das Kinn aufgestützt und beobachtet ihn. Ein Schreck durchfährt ihn. Eigentlich ist es eher ein intensives Kribbeln in seiner Brust. Er dreht den Hahn ab, reibt sich das Wasser aus den Augen und vergisst für einen Moment, dass sein Hemd halb aufgeknöpft ist und tropfnass an ihm klebt.

Ihr Anblick überrascht David so sehr, dass er sie für ein paar Sekunden sprachlos mustert. Ihr frisch gewaschenes Haar ist gekämmt und in den Spitzen noch feucht. Die weichen Wellen fallen ihr über die Schultern. Ihr Gesicht ist sauber. Ihre Augen sind leicht gerötet, vielleicht vor Müdigkeit, und die schwarzen Farbspuren sind verschwunden. Sie trägt das rote Kleid aus dem Schrank. David weiß nicht, wem es irgendwann einmal gehört hat, aber es sieht aus, als wäre es für *sie* gemacht. Der fließende Satinstoff schmiegt sich um ihre sanften Kurven, die ihm unter dem Männershirt bisher verborgen gewesen sind. Einer der zarten Träger rutscht beinahe von ihrer Schulter. David denkt daran, dass sie unter diesem Kleid nackt ist und spürt, wie seine Wangen glühen. Bestimmt sieht sie ihm an, was ihm durch den Kopf geht. Seufzend reibt sie sich den Nacken und gähnt. »Ich fühle mich wie durch die Mangel gedreht. Du dich auch?«

David nickt stumm, zupft nervös an seinem Hemd herum und schließt den oberen Knopf.

»Für ein kühles Bier würde ich jetzt sterben«, sagt sie mit einem gespielt leidenden Ton in der Stimme.

Als sie sich der wörtlichen Bedeutung des Satzes bewusst wird, sieht sie David für einen kurzen Moment betroffen an. Aber dann lächelt sie. »Bekomm ich noch eins?«

Auf dem Weg zum Kühlschrank stolpert David über den Besen, der schräg an der Wand lehnt und kann gerade noch verhindern, zu fallen. Der Besenstiel schlägt laut auf dem Boden auf. Eilig flüchtet David ins Hinterzimmer, nimmt das Bier aus dem Kühlschrank und presst sich die Flasche gegen die heiße Stirn. Bevor er sich wieder hinauswagt, atmet er einige Male tief durch. Er steigt über den Besen hinweg, öffnet die Flasche und reicht sie Eleonor. Sie ist so hübsch, dass er es kaum wagt, sie anzusehen. Sie bedankt sich und schiebt den rutschenden Träger des Kleids wieder zurück auf ihre Schulter. Selbst in dieser flüchtigen Bewegung, die er eigentlich nur aus dem Augenwinkel beobachtet, liegt so viel Lebendigkeit.

Er hebt den Besen auf und fegt das kleine Stück Boden hinter dem Tresen, obwohl er das vor zwanzig Minuten bereits getan hat.

»Was ist mit dir?« Eleonor klingt beunruhigt.

David hält kurz inne. Anstelle ihres Gesichts fixiert er ihre Finger, die sich um die kühle Flasche gelegt haben.

»Kannst du mich nicht ansehen?«, fragt sie, als er nicht antwortet. Er fegt stumm weiter den Boden. Aber er spürt ihren Blick. Die Stille ist quälend. Plötzlich schiebt sie das Bier von sich, gleitet vom Hocker und geht. David sieht ihr nach. Er will ihren Namen sagen, sie bitten, zu bleiben. Doch er steht nur da, umklammert den Besenstiel und starrt in den dunklen, leeren Flur hinein.

12

Wenige Minuten später kehrt Eleonor zurück an den Tresen und sieht vollkommen verändert aus. Ihr Haar ist zerzauster denn je. Außerdem scheint sie wahllos einige Strähnen mit der Schere auf unterschiedliche Längen abgeschnitten zu haben. Ihre Augen sind wieder tiefschwarz umrandet und die Farbe ist auf exzentrische Weise verschmiert. Sie trägt immer noch das rote Kleid, hat aber ihr eigenes schmutziges Shirt darüber gezogen.

Davids Verwunderung scheint sie zu freuen. Lachend klettert sie wieder auf den Hocker und wuschelt sich mit den Händen durchs Haar. »Arbeiten wir morgen weiter am Pool?«, fragt sie, als ob nichts gewesen wäre.

David nickt. »Okay … ja … Falls ich meine geschundenen Knochen noch bewegen kann.« Er versucht ein Lächeln und reibt sich demonstrativ die Schulter.

»Ansonsten, alter Mann, überlässt du die schweren Teile eben mir. Du musst mir nur Anweisungen geben und mir ab und zu Luft zufächeln. Aber nur, damit du es nicht vergisst: Du schuldest mir noch die Spritztour mit der Schubkarre!«

David nickt lächelnd. Er begreift nicht, wie sie es fertigbringt, hier vor ihm zu sitzen, als wäre dies ein harmloses, gewöhnliches Motel und er ein normaler Mann. Wie sie es fertigbringt, sich so unbeschwert mit ihm zu unterhalten und zu scherzen, als hielte sie ihn trotz allem noch immer für einen guten, vertrauenswürdigen Menschen. Oder tut sie das gar nicht? Vielleicht weiß sie sehr wohl, dass er Abschaum ist. Durch und durch verkommen. Falsch in dieser Welt. Vielleicht sieht sie in ihm so etwas wie einen Leidensgenossen oder Seelenverwandten.

So beiläufig wie möglich füllt er eine kleine Schale mit Nüssen und stellt sie in ihre Reichweite. Langsam zweifelt er daran, dass sie überhaupt noch genug Geld hat, um ihr Zimmer zu zahlen, doch selbst, wenn sie ihm gestehen würde, vollkommen pleite zu sein, würde er sie nicht fortschicken. Der Gedanke verursacht ihm ein brennendes Schuldgefühl. Er *sollte* sie fortschicken. Er hätte es längst tun müssen. Selbst in ihrem klapprigen Wagen, irgendwo inmitten der Wüste, wäre sie sicherer als hier.

Eleonor ignoriert die Nüsse, nimmt mehrere große Schlucke aus der Flasche, atmet tief durch und schlägt dann mit den Fäusten auf die Tischplatte. »Ich will nachsehen!«

Noch bevor David begreift, was sie meint, gleitet sie vom Hocker, läuft mit schnellen Schritten hinüber zur Kellertür, zieht den Riegel zurück und dreht den Schlüssel herum. Sie zerrt am Knauf, aber die Tür klemmt ein wenig, weil sich das Holz über die Jahre verzogen hat. David eilt zu ihr. Gerade, als es ihr gelungen ist, die Tür zu öffnen, schiebt er sich davor und stößt sie wieder zu. Er sieht Eleonor an und schüttelt den Kopf.

»Ich geh jetzt da runter«, sagt sie ruhig und wirkt fest entschlossen. Sie tut es schon wieder, denkt David. Es ist, als würde sie pausenlos darüber nachdenken, was das Abwegigste ist, das sie machen könnte, um es dann wirklich in die Tat umzusetzen. Mit sanftem Druck schiebt sie ihn beiseite. Er lässt es geschehen. Sie zieht die Tür ganz auf, starrt in die Dunkelheit und lauscht. Sie schnüffelt, als ihr der typisch modrige Geruch des Kellers in die Nase steigt, und tastet nach dem kleinen Kippschalter. Kurz darauf wird die schmale, steil abwärts führende Holztreppe sichtbar. Eleonor blickt die Stufen hinab und betrachtet die kahlen Lehmwände, an denen verstaubte Spinnweben haften. David hofft, dass sie sich damit zufriedengibt und *nicht* hinunter geht.

Sie steigt vier, fünf Stufen abwärts. Ihre Schritte wirken auf ihn hastig, als würde sie gegen ihre innere Stimme der Vernunft rebellieren, die sie zurückzuhalten versucht. David steht nur da und sieht zu. Hilflos. Feige. Hätte er doch den Mut, um energischer auf sie einzureden oder um ihre Hand zu greifen und sie zurückzuziehen.

Er will ihr folgen, da dreht sie sich zu ihm um. Einen Moment lang scheint sie zu fürchten, dass er die Tür verschließt und sie einsperrt. Zögerlich geht sie zwei weitere Stufen hinab, ohne ihn aus den Augen zu lassen. Als er ihr langsam folgt, entspannt sich ihre Miene.

»Wir sollten nicht weitergehen«, sagt er eindringlich. Sie weiß bestimmt, wie ernst es ihm ist, und dennoch – oder gerade deshalb – steigt sie die Stufen weiter hinunter. Nicht, weil sie die Existenz seiner Familie anzweifelt. Nicht, weil sie David seine Geschichte nicht glaubt. *Sie glaubt ihm!* Aber sie kann nicht anders. Sie muss in diesen Keller! Dieses plötzliche Ausblenden von Gefahr ... gestern Abend, als sie auf das Dach klettern wollte, ist es genauso gewesen. Es ist, als wäre sie auf der Flucht. Die Hunderte von Meilen, die sie zwischen sich und ihr Zuhause gebracht hat, sind nicht genug. Flüchtet sie sich in die Gefahr, weil sie sie wenigstens für einen kurzen Moment ablenkt? Versucht sie durch ihr selbstzerstörerisches Verhalten verzweifelt, Schmerz oder Schuldgefühle zu kompensieren? Begibt sie sich absichtlich in all diese gefährlichen Situationen, um sich unbewusst selbst zu bestrafen?

Unten angelangt tritt sie ein Stück beiseite, um David Platz zu machen. Er betätigt einen zweiten Schalter für die Glühbirne, die über ihren Köpfen von der Decke hängt und vor lauter Schmutz kaum Licht abgibt. Eleonor blickt sich um. David bemerkt, dass sie die Schultern anspannt und die Hände zu Fäusten geballt hat, als wollte sie sich für einen Angriff bereitmachen. Ihr Blick huscht über die Kistenstapel, die sich links auftürmen, dort, wo der Keller nach wenigen Metern endet. »Was ist in den Kisten?«, flüstert sie.

David muss kurz überlegen. »Alles Mögliche ... alte Spielsachen, Weihnachtsdekoration. Gardinenstoffe und Bettwäsche, oder was die Motten davon übrig gelassen haben.« Er hat das Gefühl, dass sie seine Antwort kaum registriert. Sie blickt nach rechts, wo ein längerer Kellergang abzweigt, und übersieht die massive Holzplatte direkt vor ihnen, die an der Wand lehnt. Die unscheinbare Platte, hinter der ein weiterer, noch schmalerer Gang in den Teil des Kellers führt, in dem sich seine Familie für gewöhnlich aufhält. Eleonor geht ein paar Schritte, bleibt dann wieder stehen. »Es riecht merkwürdig hier«, flüstert sie.

David riecht es auch. Es ist der Geruch von Felipe, eine abstoßende Mischung aus Schmutz und seiner ureigenen an Fäulnis erinnernde Note. Dieser unverkennbare Gestank von Verwesung und Verderben, der in jede Pore des Kellers eingezogen ist und so widerwärtig ist, dass er David seit jeher Übelkeit beschert. »Eine tote Ratte vielleicht«, antwortet er. Wahrscheinlich glaubt sie ihm nicht, aber sie nickt und richtet den Blick wieder auf den Tunnel. Sie geht noch etwas weiter auf das Weinregal zu.

Es ist so dunkel, dass man die Flaschen nur schemenhaft erkennen kann. Sie berührt einige davon, als wollte sie die Dicke der Staubschicht prüfen.

»Also ... Wo ist deine Familie?«, fragt sie leise.

Als er nicht antwortet, tritt sie nahe vor ihn. So nahe, dass sich ihre Körper fast berühren. »Deine Familie. Wo ist sie?«, flüstert sie. In dem Moment ertönt ein dumpfes Stöhnen, und Eleonor zuckt zusammen. Sie blickt sich nach beiden Seiten um, weil sie wohl nicht sicher ist, aus welcher Richtung es kam.

David tritt einen Schritt zurück. »Wir sollten wirklich nicht hier sein. Bitte.«

Eleonor nickt. »Ja«, keucht sie. »Gehen wir hoch.«

Nachdem sie wieder oben sind, atmet David auf. Eleonor lächelt ihn an. Es ist ein nervöses Lächeln. »Jetzt guck nicht so todernst!«

»Aber ... Es *ist* ernst.«

Seine Antwort scheint sie zu amüsieren, doch als sie merkt, dass er ihr Lachen nicht erwidert, senkt sie den Blick. David sieht, dass sie zittert. Sie betrachtet ihre Zehen und bewegt sie, als müsse sie sich davon überzeugen, dass sie noch ein Teil von ihr sind. Dann geht sie um den Tresen herum und nimmt sich eine volle Whiskeyflasche vom

Regal. Sie muss sich strecken, um sie zu erreichen. »Darf ich Ihnen auch etwas anbieten, mein Herr?«, fragt sie gestelzt.

David schiebt die Hände in die Taschen und zuckt mit den Schultern. »Nein.«

13

Eleonor setzt sich zurück an den Tresen, schraubt die Flasche auf und trinkt. Sie verzieht das Gesicht und nimmt einen weiteren Schluck. David füllt zwei Gläser mit Wasser und stellt ihr eines davon hin, aber sie ignoriert das Wasserglas und trinkt stattdessen einen erneuten Schluck aus der Whiskeyflasche. Dann zeigt sie mit dem Finger auf David und grinst. »Du bist lieb.«

Er weiß nicht, warum sie das gesagt hat. Sicher meint sie es nicht so ... Ohne ihr zu antworten, wischt er mit dem Geschirrtuch die Wasserpfützen weg, die sich um das Spülbecken auf der Holzoberfläche gebildet haben.

Eleonor nimmt ein paar Nüsse und schiebt sie sich in den Mund. Dann stützt sie wieder ihren Kopf auf und sieht ihm schweigend und kauend zu. Davids Muskeln verkrampfen sich erneut. Was denkt sie nur, wenn sie ihn so ansieht?

»Willst du die ganze Zeit stehen? Setz dich doch.« Sie deutet auf den freien Hocker neben ihr.

»Nein, das geht schon«, antwortet er. Das Brennen auf seiner Haut, das ihr Blick verursacht, wird schlimmer.

»Okay«, entgegnet sie schulterzuckend und trinkt einen weiteren Schluck Whiskey. Es ist offensichtlich, dass sie es nicht genießt. Sie zielt nur darauf ab, sich zu betrinken. »Gibt es noch mehr von euch?«, will sie wissen. »Außer dir, deiner Mutter, deinem Bruder und deinem Onkel?«

David schüttelt den Kopf und zunächst möchte er es damit auf sich beruhen lassen. Aber dann antwortet er ihr doch. »An meinen Vater erinnere ich mich nicht. Mein Großvater und meine Tante starben, als ich klein war. Und mein Cousin Terry ist letzten Monat gestorben.«

Eleonor sieht ihn betroffen an. »Was ist mit ihm passiert?«

»Er lag eines Morgens unten am Fuße der Kellertreppe«, antwortet David. »Ich meine ... seine Leiche. Sie waren in Streit geraten. Mein Bruder muss ihn schließlich zu Tode geprügelt haben. Terry und er waren eine explosive Mischung. Sie haben sich seit jeher bekämpft. So seltsam es klingt ... nach Terrys Tod ist es besser geworden. Friedlicher.«

Eleonor nickt. Als sie erneut zur Flasche greift, stößt sie sie beinahe um.

Einem plötzlichen Impuls folgend, setzt David sich nun doch neben sie. Vielleicht macht ihm die Erkenntnis Mut, dass sie angetrunken ist. Er bildet sich ein, dass sich ihr Körper leicht anspannt, jetzt, da der

Tresen nicht mehr zwischen ihnen steht und er ihr bis auf wenige Zentimeter nahe ist.

»Wie heißt deine Mutter?«, fragt sie.

»Violeta.«

Eleonor lächelt. »Das ist ein hübscher Name.«

Davids Magen zieht sich zusammen. Es fühlt sich seltsam an, dass jemand irgendetwas, das mit seiner Mutter zu tun hat, als hübsch empfindet. Er selbst kann dem Namen nichts Schönes abgewinnen. Violeta Perez ist ein eiskaltes Ungeheuer.

»Mir gefällt *Eleonor*«, antwortet er und spürt, dass er rot wird.

Eleonor runzelt die Stirn, als hätte er etwas Dummes gesagt. »Kann nicht dein Ernst sein! Ich hasse *Eleonor*. Bin irgendwie nie warm geworden mit dem Namen. Manchmal kommt es mir so vor, als wäre das gar nicht mein Name.«

David nickt. »Vermutlich, weil die Menschen, die Ihnen nahestehen, Sie nicht so nennen.«

»Ja, kann sein«, antwortet sie nachdenklich.

»Sie haben ja noch Zeit, sich an Ihren Namen zu gewöhnen«, sagt er und senkt den Blick, weil er das Gefühl hat, sie zu belügen.

Plötzlich boxt sie ihm leicht gegen die Schulter, auf dieselbe Weise, wie Harvey es immer tut. Ein freches Lächeln umspielt ihre Lippen. »Also, David, warst du eigentlich mal mit jemandem zusammen?« Sie sieht ihn mit ihren großen Augen an und wartet darauf, dass er antwortet. »Dein Liebesleben, meine ich.«

David räuspert sich. »Ja, ich … ähm, … nein. Ich hatte noch nie eine Freundin. Ich lebe hier ja sehr zurückgezogen, und das Motel hält mich ziemlich beschäftigt.«

Sie nickt verständig. »Das Motel ist wirklich sehr abgelegen. Aber warst du nie auf der Highschool? Keine wilden College-Jahre?«

Er schüttelt den Kopf und zuckt gleichzeitig mit den Schultern.

»Gab es unter den Gästen nie ein Mädchen, das dir gefiel?«

Er sieht sie kurz an und senkt den Blick sogleich wieder. Hitze steigt ihm in die Wangen. Erneut schüttelt er den Kopf.

»Dann hast du einiges verpasst!« Sie kichert. »Liebeskummer, Geschlechtskrankheiten, Eifersuchtsszenen, nervenzehrende Streits wegen Belanglosigkeiten, Trennungsdramen. All das ist dir bisher entgangen.«

Er lächelt sie an. Trotz seiner Anspannung und fortwährender Unsicherheit fühlt es sich jetzt nicht mehr so unangenehm an, ihr derart nah zu sein. Mit Sicherheit hilft es, dass sie zunehmend betrunken wirkt. Er ist dadurch weniger gehemmt, weil er weiß, dass ihre Sinne nicht mehr so geschärft sind.

Unvermittelt beugt sie sich ihm entgegen und küsst ihn. Auf eine spontane, unschuldige Weise. Ihre Lippen haben sich schon wieder von seinen gelöst, doch der angenehme, hitzige Schauer wirkt noch nach und lähmt David. Überrascht starrt er sie an. Einen Moment lang scheint sie selbst verblüfft über ihr Verhalten zu sein. Dann lächelt sie wieder. Er spürt noch immer ihre Lippen, wie ein Echo, das nur ganz langsam abschwächt. Sie hat seinen Mund nicht genau getroffen, sondern seinen Mundwinkel geküsst, und das auch nur kurz, doch in diesem flüchtigen Kuss lag eine Intimität, eine Vertrautheit, die er nie zuvor erlebt hat. Davids Herz pocht. Sie wendet sich halb von ihm ab, um zu trinken. Vielleicht auch, um ihm die Gelegenheit zu geben, sich von ihrem Überraschungsangriff zu erholen.

14

»Denkst du, wir schaffen's morgen, den kompletten Pool leerzubekommen?«, fragt sie.

»Vielleicht …«, antwortet er, um sie nicht zu enttäuschen. »Wenn wir zeitig anfangen … vielleicht.«

Ihre blassrosafarbigen Lippen verziehen sich zu einem breiten Lächeln. »Natürlich müssen wir das Gerümpel noch in die Scheune schaffen. Dabei helf ich dir auch!«

David schüttelt den Kopf.

»Ich weiß schon, klar, die Scheune ist tabu für mich.« Sie klingt ein bisschen genervt.

David wischt sich eine Strähne aus den Augen und atmet tief durch. »Die Scheune … Damals …«, stottert er, ohne einen zusammenhängenden Satz herauszubringen.

»Damals?«, hakt Eleonor nach.

»Meine Familie hat damals die Autos der Motelgäste in der Scheune vergraben.« Er lässt den Satz auf sie wirken. Es dauert einen Moment, bis sie begreift. Sie sieht ihn an. Stumm, mit wachem Blick.

»Ich glaube, im Laufe der Jahrzehnte wurde nach und nach jeder Quadratzentimeter des Erdbodens unterhalb der Scheune ausgehoben.

Sie mussten die Wagen schnell und unbemerkt verschwinden lassen. Ich erinnere mich, wie ich zum ersten Mal dabei half, ein riesiges Loch zu graben. Damals war mir noch nicht bewusst, welchen Zweck es erfüllen sollte. Für mich war es ein Abenteuer und ich war stolz, beim Graben helfen zu dürfen.«

Eleonor sieht ihn an. »Wie alt bist du da gewesen?«

Er überlegt. »Ich glaube, ich muss fünf oder sechs gewesen sein.«

Die Antwort macht etwas mit ihr. Sie schiebt ihre Hand in seine Richtung, bis sie nahe neben seiner liegt, doch ohne ihn zu berühren.

»Wie viele ...?« Sie bricht mitten im Satz ab. Ihre Unterlippe zittert. Vielleicht hatte sie vor, zu fragen, wie viele Autos in der Scheune vergraben sind, doch in Wahrheit möchte sie wissen, wie viele Menschen seine Familie umgebracht hat. David betrachtet ihre schmale Hand. Würde er seine Finger nur zwei Zentimeter nach rechts bewegen, könnte er sie berühren. Er wünschte, er hätte den Mut, es zu tun. Er wünschte, *sie* hätte den Mut.

»Ich weiß es nicht«, sagt er leise. »Vielleicht fünf. Vielleicht sieben.«

Sie zieht ihre Hand zurück, so unvermittelt, dass David zusammenzuckt, weil es sich anfühlt, als hätte sie ihn von sich weggestoßen. Fahrig greift sie sich in die Haare und trinkt wieder einen Schluck Whiskey. »Und? Wirst du meinen klapprigen Ford auch verscharren? In der Scheune ist vielleicht kein Platz mehr, aber die Wüste ist groß.

Such ihm ein schönes Plätzchen aus, okay?« Sie lächelt, doch es ist ein verkrampftes Lächeln. Ihre Finger umklammern die Flasche. David spürt ihre wachsende Anspannung.

Aber dann legt sie die Hand zurück auf die Tischplatte und schiebt sie wieder ein Stück in seine Richtung. »Erzähl mir alles.«

»Wissen Sie, was meine größte Angst ist, Eleonor?«

Sie schüttelt den Kopf. »Sag's mir.«

David holt tief Luft und atmet aus. »Meine größte Angst ist, dass ich wie *sie* werde.«

»Du wirst nicht wie sie«, erwidert sie schnell.

Er lächelt bitter. »Wie können Sie das wissen? Sie wissen nichts.«

Sie schweigt.

»Von Geburt an war ich anders als sie. Weil ich ein Gewissen habe und Mitgefühl für andere Menschen, obwohl es Fremde sind. Nach Ansicht meiner Familie ist das eine unaussprechliche Fehlentwicklung. Ich bin eine Missgeburt. Die größtmögliche Enttäuschung für sie.«

Eleonor sieht ihn noch immer an, und ihre Augen füllen sich mit Tränen. Sie schüttelt den Kopf. »Nein, das bist du nicht«, flüstert sie. »Die Auszeichnung für die größte Enttäuschung geht doch schon an mich.« Sie schnieft und kämpft gegen die Tränen an. »Meine Eltern haben mich aufgegeben. Wahrscheinlich haben sie noch gar nicht gemerkt, dass ich weg bin.«

David nickt. »Das tut mir sehr leid.«

Eleonor winkt ab. »Schon okay. Bitte sprich weiter.«

»Sie sagen, Ihre Eltern haben Sie aufgegeben ... Nun, meine Familie hat mich auch aufgegeben. Meine Mutter hat vor über einem Jahr aufgehört, mit mir zu sprechen. Keiner von ihnen spricht noch mit mir. Inzwischen verachten sie mich. Das war früher anders. Früher haben sie versucht, mich zu ändern. Mir meine Eigenarten auszutreiben. *Alles* haben sie versucht.«

»Was haben sie mit dir gemacht?«

Davids Puls rast. Es fällt ihm schwer, es auszusprechen. Über die Dinge zu reden, die er sonst in jeder Sekunde seines Daseins zu verdrängen versucht.

»Was haben sie mit dir gemacht, David?«, fragt Eleonor noch einmal. Jetzt flüstert sie fast.

»Sie haben mich geschlagen. Mich gefesselt und Nadeln in mich hineingestochen. Manchmal haben sie heißes Wasser über mich geschüttet.«

»Warum?«

»Um das Böse in mir zu erwecken«, sagt er. Ihm erscheint die Antwort naheliegend.

Voll Entsetzen betrachtet sie ihn. »Du meinst, ihre Misshandlungen dienten einzig dem Zweck, aus dir einen bösartigen Menschen zu machen? Wie eine Art umgekehrter Exorzismus?«

»Es war nicht so schlimm, wie es für Sie klingen muss«, sagt er.

»Nicht so schlimm? Aber ... Sie haben dich grausam misshandelt.«

»Sie haben irgendwann damit aufgehört. Meine Mutter und mein Onkel haben häufig darüber gestritten, was man tun kann, um mich zu heilen. Meine Mutter war der Meinung, dass diese Art von Maßnahmen nichts bringen würden, also hörten sie damit auf. Aber was danach kam, war noch entsetzlicher.« Er sieht sie kurz an und fragt sich, warum er ihr all das erzählt. Warum es ihn so sehr drängt, diese Dinge mit ihr zu teilen. »Sie brachten mich dazu ...« Er verstummt, weil er nicht den Mut hat, den Satz zu beenden.

»Wozu haben sie dich gebracht?«, fragt Eleonor voller Furcht.

»Ich habe Ihnen doch erzählt, dass ich den Stoffbären von einer Frau bekommen habe, die eine Zeit lang hier wohnte.«

Sie nickt.

»Ihr Name war Rosa. Sie war eine ältere Dame. Ich mochte sie gern, aber meiner Familie gefiel es nicht, dass ich Zuneigung für eine Fremde hegte. Sie wollten mir diese Gefühlsduselei austreiben. Ein für allemal.« Davids Finger zittern so heftig, dass er die Hände fest zu Fäusten ballt. »Sie haben mich wieder im Keller angekettet. Ich wusste nicht, was mit Rosa geschehen war. Ob sie abgereist war oder ob sie ihr etwas angetan hatten.«

»Wie lange hielten sie dich dort eingesperrt?«

David schüttelt den Kopf. »Ich hatte kein Gefühl für die Zeit. Ich wusste nicht, wann Tag und wann Nacht war. Ich erinnere mich, dass ich völlig abmagerte. Meine Rippen traten hervor, und wenn ich mein Gesicht betastete, konnte ich meine Wangenknochen spüren. Aber ich war vorher schon dünn gewesen und hatte nicht viel zuzusetzen. Es waren nur ein paar Tage. Eine Woche vielleicht.«

Eleonor legt die Hand auf seinen Unterarm. Ihre Berührung durchfährt ihn, doch es tut nicht weh.

»Ab und zu haben sie mir Wasser zu trinken gegeben. Gerade genug, dass ich überleben konnte. Und dann ...« David verstummt wieder. Er spürt den sanften Druck ihrer Finger.

»Irgendwann brachten sie mir einen Teller mit einem Stück Fleisch.« David reibt sich die Stirn und schüttelt dabei, ohne es zu wollen, Eleonors Hand ab. Er sieht es wieder vor sich. Und er riecht es. Das Fleisch. Er presst die Fäuste zwischen seine Knie, kneift die Augen zu und beugt sich weit nach vorn, bis seine Stirn die Tischplatte berührt. »Sie sagten mir, dass es das Fleisch von Rosa ist. Ich war beinahe tot. Wahnsinnig vor Hunger. Wahnsinnig vor Dunkelheit. Vor Hoffnungslosigkeit. Zuerst nahm ich nur einen kleinen Bissen. Aber dann ... dann habe ich dieses Fleisch verschlungen.«

Eleonor atmet schwer. Das Entsetzen scheint sie zu lähmen. »Du bist nicht böse«, sagt sie schließlich mit fester Stimme. »Deine Familie hat dir all das angetan.«

David nickt stumm. Zögerlich nimmt er ihre Hand in seine. »Schockiert Sie das alles nicht? Die Tatsache, dass ich meine Familie verstecke und sie schütze, obwohl sie Mörder sind?«

Sie schüttelt den Kopf. Vielleicht, weil sie zu betrunken ist und all das noch immer nicht begreift.

»Ich versuche, mir die ganze Zeit vorzustellen, wie schwer das für dich ist. Wie schlimm es für dich als Kind gewesen sein muss«, sagt sie. »Hast du nie daran gedacht, alles hinter dir zu lassen? Fortzugehen und weit weg ein neues Leben anzufangen?«

»Daran gedacht ... Ja. Aber nicht ernsthaft. Ich könnte nie woanders leben. Nur hier«, entgegnet David.

Eleonors Blick streift über die Wände. Vielleicht sucht sie nach Hinweisen darauf, dass er sich nach einem Leben draußen sehnt. Anhaltspunkte wie Postkarten oder Bilder von anderen Orten. Aber solche Dekorationen gibt es bei ihm nicht. Er sieht nicht einmal fern und hört kaum Radio.

»Ich bin trotz allem ein Teil von meiner Familie. Sie und das Motel werden mich niemals loslassen.« David findet, dass seine Worte dumm klingen, aber es ist die Wahrheit. Dieser Ort, dieser dunkle Fleck in der schier endlosen Weite der Wüste, an dem die Zeit stillzustehen scheint, ist sein Zuhause. Sein Gefängnis. »Sie brauchen mich. Sie dürfen keinen direkten Kontakt mehr zu anderen Menschen haben. Deshalb bin nur ich in der Lage, dieses Motel zu führen. Wir haben uns damit arrangiert. Sie begreifen, dass sie nicht jeden, der herkommt, ermorden dürfen. Nicht einmal hier, am Rande der Welt, wo niemand die Schreie der Opfer hört, kann man auf Dauer unbemerkt immer wieder Menschen verschwinden lassen.«

Er fährt mit dem Daumen über die kleine blasse Narbe an ihrem Handgelenkknöchel. »Woher haben Sie die?«, möchte er wissen.

Sie blickt auf ihre Hand in seiner. »Sturz vom Skateboard, erste Klasse.« Ein kurzes Lächeln huscht über ihr Gesicht. »Ich hatte es auf dem Schulhof einem Jungen aus der Vierten geklaut ... Sprich weiter.«

David überlegt, was er eben gesagt hat. »Meiner Familie ist es wichtig, dass ich das Motel am Laufen halte. Es bedeutet ihnen viel.«

Eleonor nickt. »Ja, du sagtest, deine Vorfahren haben es vor 100 Jahren gegründet.«

Er lächelt. »Richtig ... Sie lassen sich mehr oder weniger freiwillig von mir in den Keller verbannen. Ich versorge sie. Es funktioniert. Ich lebe in einer Blase. Die einzige Verbindung nach draußen ist Harvey.«

Eleonor sieht ihn an. »Wie viel weiß Harvey?«

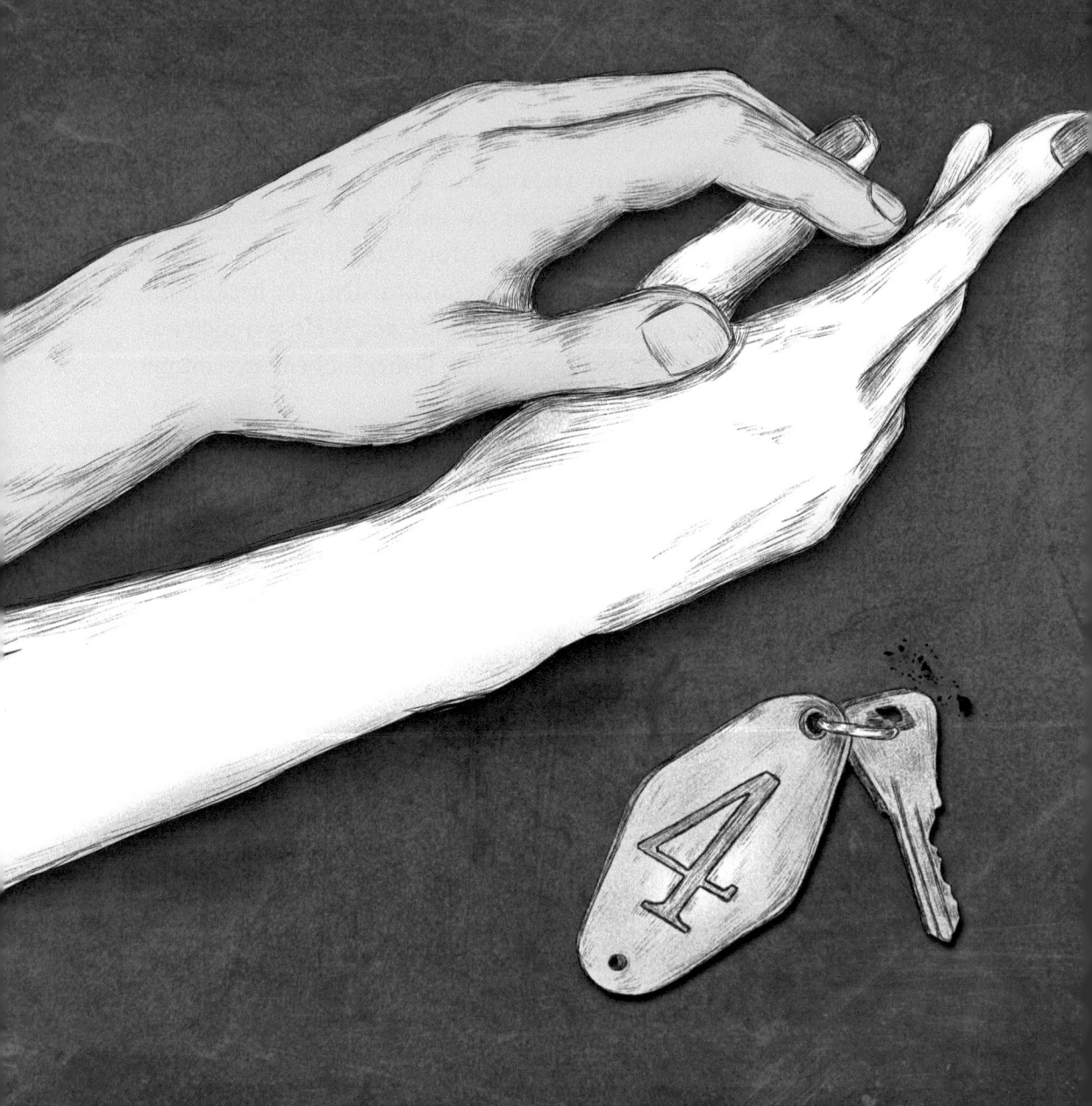

Als David ein leises Scharren aus dem Keller hört, zieht er rasch die Hand zurück und verschränkt die Arme vor der Brust.

»Was ist los?«, fragt Eleonor. Sie scheint das Geräusch nicht wahrgenommen zu haben. Womöglich hat er es sich eingebildet.

Sie dreht sich auf ihrem Hocker ein Stück in Davids Richtung. Ihr linkes Knie berührt dabei fast sein Bein. Es sind nur Millimeter, die sie trennen. Er bildet sich ein, dass er den Kontakt spürt, obwohl er nicht wirklich zustande kommt. Er starrt auf den Saum des Kleids, der etwas nach oben gerutscht ist und auf halber Höhe ihres Oberschenkels endet. Schnell hebt er den Kopf und sieht ihr in die Augen. Einige rebellische Haarsträhnen umspielen ihr Gesicht wie die gezackten Tentakel einer fantastischen Seekreatur. Es ist jetzt unverkennbar, dass sie betrunken ist. Sie hat diesen leicht glasigen Blick, und ihre Augenlider sind halb geschlossen.

Er schiebt die Hände in die Hosentaschen, weil er nicht mehr weiß, wohin mit ihnen.

»Kennt Harvey deine Familie?«, fragt Eleonor.

David nickt. »Ja, er weiß Bescheid. Vor Jahren wurde er von Onkel Ed schwer verletzt.«

»Stammt daher die Narbe in Harveys Gesicht?«

»Ja. Seit diesem Vorfall trägt er immer einen Revolver bei sich, wenn er herkommt. Er hasst meine Familie, aber er versteht, dass ich tun muss, was ich tue. Deshalb hilft er mir.«

»Funktioniert es wirklich?«, fragt Eleonor. »Ich meine … Deine Familie tut niemandem mehr weh?«

»An manchen Tagen sind sie unruhig«, sagt er. »Sie knurren wie Hunde und scheinen mich angreifen zu wollen. Sie spüren es, wenn jemand im Haus ist. Dann gebe ich ihnen mehr zu essen als gewöhnlich, um ihren Hunger zu stillen. In der Hoffnung, dass es auch ihren Appetit lindert.«

Kurz erkennt David die Furcht und das Entsetzen in ihren Augen. Aber dann nickt sie und lächelt, als hätte er ihr gerade völlige Sicherheit garantiert. Ein Keller voller Mörder … Wahrscheinlich würde sie selbst dann nicht die Flucht ergreifen, wenn ein Werwolf im Zimmer direkt neben ihrem einquartiert wäre.

»Ich könnte verstehen, wenn Sie weg wollten«, sagt er. Er bemerkt, wie sich ihre Finger fester um die Tischkante klammern. »Haben Sie Angst, weiterzufahren?«, fragt er mutig. »Wegen des Motors?«

Sie zuckt kaum merklich mit den Schultern. »Ich habe Angst. Davor, dass ich wieder zurück nach Hause fahre, wenn ich ins Auto steige.«

David nickt stumm.

»Ich bin eine Zweiundzwanzigjährige ohne Schulabschluss. Eine erwachsene Frau, die bisher nichts auf die Reihe bekommen hat. Die unfähig ist, auf eigenen Beinen zu stehen, und sich deshalb an ihren brutalen Freund klammert. Und die, wann immer sie es bei ihm nicht mehr aushält, bei ihren Eltern unterschlüpft, wo es noch schlimmer ist. Glaub mir: dass ich vor einer Woche abgehauen bin, war vermutlich die klügste Entscheidung meines Lebens.«

»Okay«, entgegnet David. Eleonor seufzt und trinkt einen weiteren Schluck Whiskey. Als sie vom Hocker gleiten will, taumelt sie. David versucht, nach ihr zu greifen, doch zu spät. Sie verliert das Gleichgewicht und fällt zu Boden. Sofort ist er bei ihr und hilft ihr auf.

»Ich geh besser in mein Zimmer und fall dir nicht länger auf die Nerven«, murmelt sie, ohne ihn anzusehen, und macht sich von ihm los.

»Sie nerven mich nicht«, antwortet er schnell. »Sie können jederzeit zu mir kommen.«

Sie will gehen, dreht sich dann aber wieder um und kehrt noch einmal an den Tresen zurück. Sie nimmt die Whiskeyflasche und hält sie umklammert wie ein Kind seine Puppe. David blickt ihr nach. Ihre Schritte sind jetzt sicherer. Sie wankt nicht mehr. Trotzdem geht er ihr ein Stück hinterher. Er beobachtet, wie sie den kleinen Schlüssel ins Schloss zu bringen versucht. Irgendwann gelingt es ihr, die Tür zu öffnen. Er wartet noch, bis sie in ihrem Zimmer ist.

15

Im ersten Morgengrauen bereitet David das Essen für seine Familie vor. Wieder legt er einige Fleischstücke zusätzlich in die Schüssel und hofft, dass die Menge sie satt machen wird. Doch egal, wie groß die Portionen sind, die er ihnen gibt, das tote Fleisch wird ihre Gier nicht restlos befriedigen.

An diesem Morgen drückt die Dunkelheit des Kellers noch schwerer auf Davids Seele als sonst. Selbst seine Schritte auf dem rauen Beton scheinen dumpfer zu klingen. Seine Familie ist bereits wach. Sie haben ihn schon erwartet. Sich bei den Händen haltend, langsam und unheilvoll wie Erscheinungen in einem Albtraum schlurfen sie ihm entgegen. Einen Moment zu lange starrt David in ihre hässlichen Fratzen. Ihre grausam verzerrten Gesichtszüge, entstellt von ihrer Bosheit. Hektisch stellt er die Schüssel auf den Boden. Ein Fleischstück fällt daneben. Er weicht zurück, bis die Wand ihn stoppt. Die Mauersteine drücken sich hart in seinen Rücken. Felipe und Onkel Ed stürzen sich zeitgleich auf das Fleisch, als hätte Violeta ihnen durch ein telepathisches Zeichen die Erlaubnis dazu erteilt. Sie röcheln und schnaufen vor Gier, stoßen mit den Schädeln aneinander und versuchen, sich gegenseitig wegzudrängen. Davids Mutter aber steht noch immer still vor ihm.

»Mutter, bitte … sprich mit mir«, fleht er vergeblich. In ihrem durchdringenden Blick erkennt er ihre Stärke und Überlegenheit. Ihre Finger streichen beinahe liebevoll über seine Wange. Rau und kalt. Ihre Hand wandert tiefer. Sie drückt auf seine Brust. Mit ganzer Kraft, als wollte sie seinen Brustkorb durchbrechen. Er will den Kopf wegdrehen, weil er es nicht länger erträgt, ihr in die Augen zu sehen, aber er wagt es nicht. Plötzlich tritt sie einen Schritt zurück und spuckt ihm ins Gesicht. Vielleicht, weil ihr sein rasender Herzschlag seine Angst offenbart hat.

Als er aus dem Keller zurückkehrt, liegt Eleonor auf dem Sofa und scheint zu schlafen. David wischt sich den Schweiß von der Stirn und versucht, seine Atmung zu beruhigen. Er nähert sich ihr so lautlos, wie er kann. Sie trägt nur ihr Shirt, doch es ist auf links gezogen. Sie atmet ruhig. Ihre Augen sind geschlossen. Unterhalb der Wimpern ziehen sich schwarze Farbspuren über ihre Haut. Langsam beugt er sich zu ihr hinunter. Er zittert leicht, als er ihr über die Wange streicht. An ihrer Schläfe haftet etwas Blut. Ein feines Rinnsal, das bereits getrocknet ist. »Eleonor.«

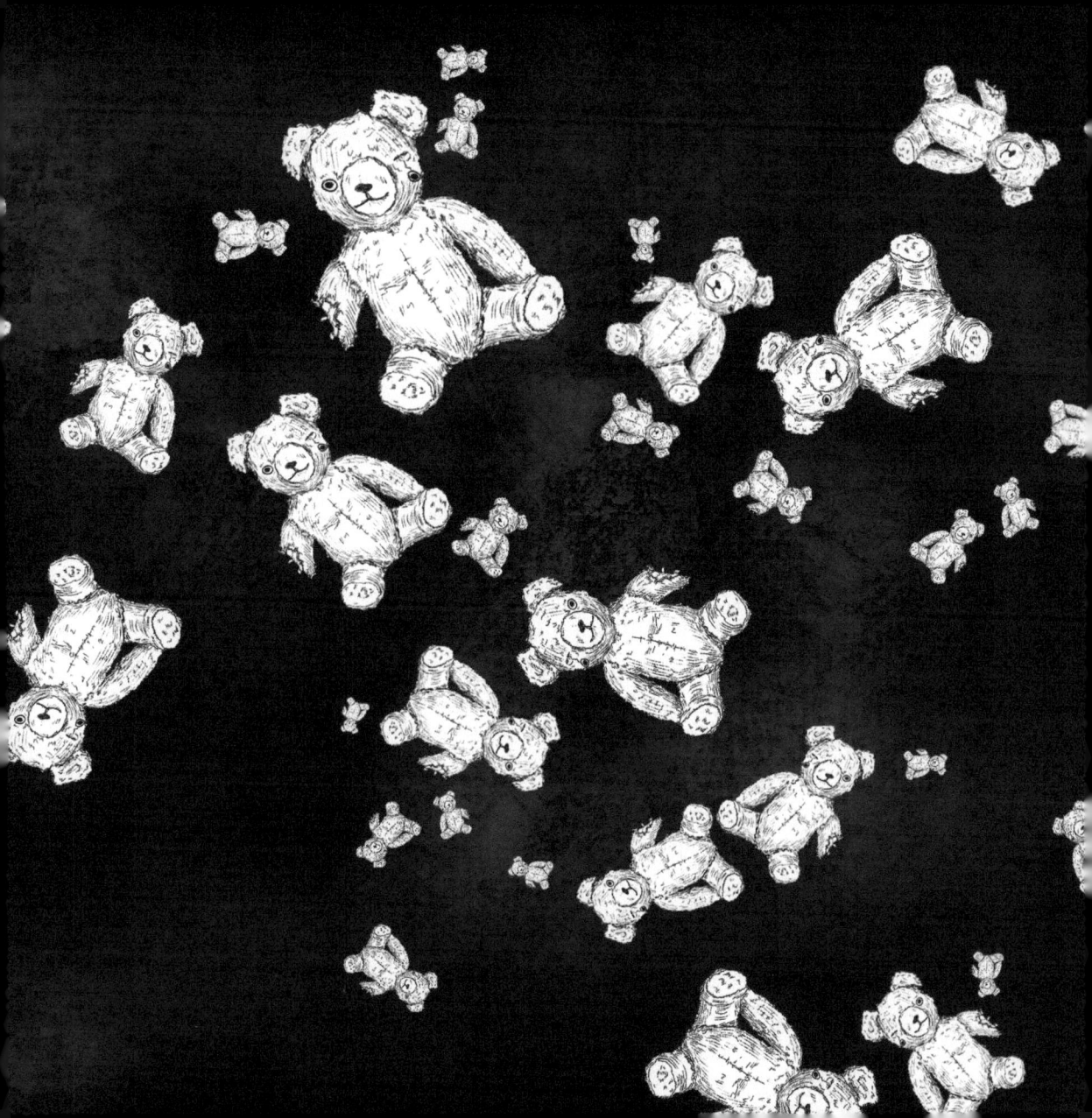

Sie reagiert nicht. Er berührt ihre Schulter. »Eleonor«, sagt er lauter als eben. Sie schlägt die Augen auf. Sofort lässt er von ihr ab und tritt einen Schritt zurück. Benommen blickt sie zu ihm auf.

»Eleonor«, flüstert David.

Sie versucht, sich aufzurichten. Er muss ihr dabei helfen. Sie presst sich die Hand gegen die Stirn und stöhnt. »Mann ... Hab ich einen Mordsbrummschädel«, murmelt sie. »Was ist das verflucht noch mal für ein Whiskey?«

David geht in die Knie, weil es sie offenbar anstrengt, den Kopf zu heben, um ihn anzusehen. »Sie haben sich verletzt, Eleonor. Da ist Blut an Ihrer Stirn.«

Sie tastet den Bereich ihres Haaransatzes ab, dann nickt sie. »Oh, das ... stimmt, ich hab mich gestoßen. Aber es hat nicht wehgetan und kaum geblutet. Ist auch schon wieder gut, siehst du?« Sie hält ihm zum Beweis ihre zittrigen Finger entgegen und erschrickt selbst, als sie das Blut daran sieht. Aber es sind nur die getrockneten Blutspuren, die wohl von letzter Nacht stammen.

»Sie hätten mich rufen sollen, als das passiert ist«, sagt David.

Sie presst sich die Hand wieder gegen die Stirn und kneift die Augen zusammen. »Ich stand komplett neben mir. Ich kann dir nicht mal genau sagen, wie es passiert ist. Wäre mir peinlich gewesen, wenn du mich so siehst, okay? Außerdem ist es nur eine Lappalie.«

»Hm.«

Sie öffnet die Augen und blickt ihn an. Dabei macht sie ein gequältes Gesicht. »Glaub mir, der Kater ist schlimmer als die Schramme.«

David holt ihr ein Glas Wasser, doch als sie danach greift, gleitet es ihr aus der Hand. Benommen blickt sie auf die Scherben am Boden. »Shit. Ich bin wirklich für alles zu dämlich«, sagt sie mit brüchiger Stimme und David sieht die Tränen, die sich in ihren Augen sammeln. In diesem Moment ist der Drang, sie in die Arme zu nehmen, fast übermächtig. Doch er unterdrückt den Impuls, sammelt schnell die Scherben auf, füllt ein neues Glas mit Wasser und hilft ihr beim Trinken. Sie schluckt gierig. Dann seufzt sie und lächelt ihn an. David nimmt ihr das Glas ab und stellt es auf den Boden. Zögerlich berührt er ihre Hand. Sofort umklammert sie seine Finger. »Du hast doch nichts dagegen, dass ich dein Sofa benutze? In meinem Zimmer hab ich Angst gehabt. Aber als ich herkam, warst du weg.« Schweiß perlt auf ihrer Haut. Ein Tropfen gleitet an ihrem Hals hinab und mischt sich mit dem Blut. David betrachtet die rote dünne Linie, die bis zu ihrem Dekolleté verläuft und sich dann, für ihn nicht mehr sichtbar, unter ihrem Shirt fortsetzt. Aus irgendeinem Grund fasziniert ihn der Anblick. Diese zarte Blutspur, das intensive Rot auf ihrer Haut. Tief in ihm erwacht etwas. Ein neues, unbekanntes Gefühl. Die Vorahnung einer brennenden, rohen Lust.

»Schlafen Sie noch ein wenig. Ich bleibe hier«, sagt er und streicht ihr eine Haarsträhne aus den Augen. Sie lässt den Kopf zurück ins Sofakissen sinken. Dann richtet sie sich noch einmal auf und umarmt David fest. Er verkrampft sich, doch schließlich erwidert er ihre Umarmung. Lange hält sie ihn umklammert. Er spürt ihre Nähe und ihre Wärme. Er spürt ihr Vertrauen. Ihr unerklärliches, fatales Vertrauen.

Sie ist innerhalb weniger Minuten eingeschlafen. David weicht nicht von ihrer Seite. Er weiß, dass seine Familie darauf lauert, was er tun wird. Während er dort auf dem Boden hockt, bildet er sich mehrmals ein, Schritte hinter sich zu hören. Doch wenn er sich umdreht, ist niemand da. Womöglich kauern sie an der Kellertür. David weiß, was sie wollen … Sie glauben, es wird ihn heilen, wenn er diese Frau zu seinem ersten Opfer macht. Es ist unfassbar, was sie sich in ihren kranken Köpfen zurechtspinnen. Natürlich entgeht ihnen nicht, dass Eleonor eine Veränderung in ihm hervorruft. Dass sie anders ist als die Menschen, die vor ihr im Motel gewohnt haben, und dass es eine Verbindung zwischen ihr und ihm gibt. Dass sie vielleicht dazu vorbestimmt ist, sein Schicksal zu besiegeln. David presst sich die Faust gegen die Stirn. Es wird niemals so weit kommen! Er wird ihr nicht wehtun!

16

Zwei Stunden später erwacht Eleonor wieder und sagt, dass es ihr besser geht und dass sie duschen will. David begleitet sie in ihr Zimmer, kontrolliert wie am ersten Abend das Bad und sieht unter dem Bett nach. Er verriegelt das Fenster und verspricht ihr, draußen auf dem Flur zu wachen und niemanden in ihre Nähe zu lassen. Sie lächelt ihn an, als wäre alles in Ordnung.

Im Flur lehnt David sich gegen die Tür und lauscht dem leisen Rauschen des Wassers, das aus Eleonors Badezimmer an seine Ohren dringt. Abgesehen davon ist es ruhig. Von Zeit zu Zeit geht er ein paar Schritte auf und ab. Er kann riechen, dass sie hier gewesen sind, aber vielleicht hängt dieser Geruch auch immer hier in der Luft und David nimmt ihn sonst nur nicht bewusst wahr.

Als Eleonor plötzlich seinen Namen schreit, stößt er die Tür auf und stolpert in ihr Zimmer. Sie steht in der Mitte des Raumes vor ihm, die Augen angsterfüllt. Ihr Gesicht ist blutig. Sie wirkt wie erstarrt und hält sich die Hand an die Wange. Blut läuft zwischen den Fingern hindurch und tropft auf den Boden. Viel Blut. Davids Blick haftet kurz auf der Blutlache, die sich dort auf dem Teppichvorleger gebildet hat, und fällt dann auf den leblosen Körper daneben. Felipe.

Sein Bruder liegt auf dem Rücken. Die Axt steckt in seinem Schädel. Seine Augen sind geöffnet und es scheint, als betrachtete er irgendeinen Punkt an der Decke. Seine Miene wirkt entspannt, ohne die geringste Spur von Angst und Schrecken. Hinter sich hört David ein Wimmern. Er fährt herum und erblickt seinen Onkel, der sich an den Türrahmen klammert und auf Felipes Leiche sieht. Tränen sammeln sich in seinen ungleichen Augen, und fast scheint es, als würden sie den rechten Augapfel endgültig aus seiner Höhle herausspülen. Speichel rinnt ihm aus dem Mundwinkel. Und dann taucht Davids Mutter neben ihm auf. Sie stößt Ed grob an, damit er ihr Platz macht. Er fällt auf die Knie, kriecht jammernd auf Felipe zu, packt ihn an den Beinen und schleift seinen Körper Richtung Tür. David starrt wie hypnotisiert auf die Axt, die fest in Felipes Kopf steckt, und auf die Blutspur, die sich über den Boden zieht.

Das Gesicht seiner Mutter wirkt eiskalt, als berührte Felipes Tod sie nicht. Sie weicht keinen Zentimeter zur Seite, sodass Ed sich mühevoll an ihr vorbei durch die Tür zwängen muss. Erst, nachdem er es geschafft hat, Felipe über die Türschwelle nach draußen zu ziehen, kommt Violeta auf David zu. Reflexartig tritt er einen Schritt zurück und schiebt sich schützend vor Eleonor.

»Dieses unsägliche Weibsbild blutet mir noch die Teppiche voll.« Ihre Stimme gleicht einem tiefen Knurren. »Kommst du noch immer nicht zur Besinnung, mein Sohn?«

David erstarrt. Seine Mutter spuckt ihm vor die Füße, doch das registriert er kaum. *Sie spricht!* Das Glücksgefühl, das ihn durchströmt, lässt ihn für einen Augenblick vergessen, was soeben passiert ist.

»Hätte ich dich doch als kleines Kind in die Suppe gesteckt und an die Familie verfüttert! Dann hätte deine kümmerliche Existenz wenigstens einen Sinn gehabt. Du bist ein Niemand, David.« Mit bitterer Kälte spricht sie dieses Urteil über ihn, und es liegt eine schreckliche Endgültigkeit darin. David senkt beschämt den Blick. Er fühlt sich, als wäre er wieder sieben Jahre alt. Er will seiner Mutter um den Hals fallen und ihr versprechen, dass er sie bald stolz machen wird. Dass er es irgendwann schaffen wird. »Ich bin ein guter Mensch«, murmelt er stattdessen. *Ich bin ein guter Mensch.* Leere Worte, die in seinem Kopf verhallen und nicht mehr zu seinem Verstand durchdringen. Er betrachtet die Stelle, wo Felipe gelegen hat. Dann wendet er sich kurz zu Eleonor um. Sie zittert und wimmert leise auf, als sein Blick sie streift. Schließlich sieht er wieder seine Mutter an. Er zwingt sich, ihr fest in die Augen zu blicken. Es sind die grausamsten Augen, die je ein Wesen besessen hat, aber David weicht dem Blick nicht aus.

Unvermittelt entspannen sich die Gesichtszüge seiner Mutter. Die feinen Fältchen ändern ihren Verlauf und ihr Mund verzieht sich zu einem milden Lächeln, als hätte sie in diesem Moment etwas gesehen. Etwas, das sie zufrieden stimmt. Zum ersten Mal überhaupt hat David sogar das Gefühl, dass sie ihm einen Hauch mütterlicher Wärme und Stolz entgegenbringt. Ihr Lächeln wird breiter. Sie entblößt ihr gelbes Gebiss. Ihr Gesicht verwandelt sich in eine grotesk grinsende Fratze, die nicht mehr menschlich wirkt. »Alles wird gut werden, Junge. Bald.« Sie nickt David kaum merklich zu. Dann wendet sie sich ab und lässt ihn mit Eleonor allein.

Eleonor schluchzt. Noch immer hält sie die Hand vor die Wunde, aber David erkennt auch so, dass sie stark blutet. Mit sanftem Druck versucht er, sie dazu zu bewegen, die Hand herunterzunehmen. Sie wehrt sich zunächst, aber dann tut sie es. Der Anblick der Bisswunde lässt David zusammenschrecken. Felipe muss sich wie ein tollwütiges Tier auf sie gestürzt und die Zähne in sie geschlagen haben. Wie es scheint, hat er ein großes Stück Fleisch aus ihrer Wange herausgerissen, so wie Onkel Ed es vor Jahren Harvey angetan hat. Wie schlimm es ist, kann David nicht erkennen. Da ist zu viel Blut!

Als Eleonor das Entsetzen in seinem Gesicht wahrnimmt, läuft sie ins Bad. Für Sekunden starrt sie in ihr Spiegelbild, als bräuchte ihr

Verstand diese Zeit, um das, was sie sieht, zu verarbeiten. Dann keucht sie auf, atmet heftig, gerät in Panik. Sie dreht den Hahn auf und wirft sich Wasser ins Gesicht. David geht zu ihr. Im Neonlicht bildet das Rot ihres Bluts einen fast übersinnlich wirkenden Kontrast auf der kalten Oberfläche des Waschbeckens und für einen Moment ist er gefesselt von diesem Anblick.

»Verflucht, was machen wir jetzt!«, presst Eleonor hervor.

David weiß es nicht. Und mit jeder Sekunde, die er schweigt, wächst ihre Panik.

»Kannst du es nähen?«, schluchzt sie. Er erkennt die Angst in ihren weit aufgerissenen, nassen Augen. Todesangst, wegen des vielen Blutes. Sie will nicht sterben.

»Nähen ... Ich glaube nicht, dass das geht«, sagt er, so ruhig er kann.

»Warum!«, schreit sie ihm unter Tränen entgegen.

David schluckt. »Ich glaube, dass ... da ein Stück Fleisch fehlt. Man kann es nicht nähen.«

»Scheiße, verflucht!« Sie krallt die Finger um den Waschbeckenrand, tritt auf der Stelle und verzieht ihr Gesicht vor Schmerz. »Was würde ein verdammter Arzt bei so einer Scheiße tun?« Sie sieht David flehend an. Das Blut hat bereits einen großen Teil ihres Shirts durchtränkt. »Was sollen wir damit machen?« Sie deutet auf die klaffende Wunde. »Soll ich mir vielleicht ein Stück Tapete übers Gesicht kleben?«

David nimmt ein Handtuch aus dem Hängeschrank und feuchtet es unter dem Wasserhahn an. Dann stellt er sich dicht vor Eleonor und sieht sich ihre Wange aus der Nähe an. Er spürt, wie schwer es ihr fällt, stillzuhalten. »Leg es vorsichtig auf die Wunde.« Er gibt ihr das Handtuch. Sie gehorcht und zuckt zusammen, als das Tuch sie berührt.

»Muss ich fester aufdrücken?«, möchte sie wissen. »Um die Blutung zu stoppen?«

David ist sich nicht sicher. »Vielleicht machst du es schlimmer, wenn du das Tuch fest draufpresst«, antwortet er. Er berührt leicht ihre Schulter. Eleonor nickt tapfer und wirkt jetzt etwas ruhiger. Er streicht ihr ein paar Haarsträhnen aus der Stirn. Dann blickt er ins Zimmer. Als er es vorhin durchsucht hat, muss Felipe bereits im Schrank gewesen sein. Er hätte dort nachsehen müssen. Er betrachtet die Blutspur auf dem Boden, die aus dem Zimmer führt. Dann dreht er sich langsam zu Eleonor um, die jetzt in der Badezimmertür steht und sich das blutdurchtränkte Handtuch an die Wange hält. Sie zittert heftig und sieht verloren und klein aus. David würde sie gern in den Arm nehmen. Seltsamerweise verspürt er keine Trauer um Felipe. Nur Erleichterung. Er ist froh, dass Eleonor seinen Bruder getötet hat. Und vor allem ist er froh, dass sie lebt.

17

Nachdem David die Wunde verbunden hat, betrachtet sich Eleonor im Spiegel. Eine mit Pflastern fixierte dicke Kompresse aus Mullbindenstoff verdeckt die rechte Gesichtshälfte unterhalb ihres Auges. Er beobachtet sie, wie sie barfüßig und fast nackt, nur mit dem blutigen Shirt bekleidet, im Badezimmer steht. Sie zittert noch immer am ganzen Körper. Zunächst hatte sie sich dagegen gesträubt, die Wunde zu desinfizieren, bis David sie letztlich davon überzeugen konnte, dass das Risiko einer Blutvergiftung ohne Desinfektion um einiges höher wäre. Schließlich hat sie sich die Alkohollösung vor seinen Augen selbst aufgetragen und währenddessen unter Schmerzen ins Handtuch gebissen. Sie ist so geschunden und gleichzeitig so stark und tapfer, dass er sie bewundert.

»Ich seh aus wie ein Zombie der übelsten Sorte«, sagt sie. »Einer, der schon halb verrottet ist.« Dann blickt sie David an, als erwartete sie, dass er ihr beipflichtet. »Irgendwie passe ich immer besser hierher in dein morbides kleines Horrormotel, findest du nicht?« Sie greift zur halbleeren Whiskeyflasche, die auf dem Waschbeckenrand steht. Es tut ihr sichtlich weh, die Lippen an die Flaschenmündung zu setzen und zu trinken. Sie lässt sich Zeit, und als sie die Flasche wieder zurückstellt, sieht David, dass deutlich weniger Whiskey darin ist als vorher.

»Du könntest meine Leiche ausstopfen, falls ich draufgehe, und mich als gruseliges Deko-Accessoir draußen vor dem Eingang postieren«, sagt sie. »Nein, setz mich lieber auf einen der Hocker an den Tresen. Dann leiste ich dir für alle Zeiten Gesellschaft, ohne dich mit meinem blöden Gerede zu nerven.« Ihr Mundwinkel zuckt leicht nach oben. Dann stöhnt sie, weil das Lächeln ihr wehtut. David ist erleichtert, dass sie noch in der Verfassung ist, sarkastische Bemerkungen zu machen. Eine halbe Stunde, nachdem sie bestialisch angefallen und schwer verletzt wurde und dieses Monster mit einer Axt getötet hat. Er geht zum Schrank, dessen Türen noch immer offen stehen. Einige Kleidungsstücke sind von den Bügeln gerutscht und heruntergefallen. Er nimmt eins von denen, die noch hängen – ein ärmelloses weißes Shirt – und bringt es Eleonor. Dann lässt er sie im Bad allein und schließt die Tür.

Die Sonne ist inzwischen beinahe untergegangen. David zieht die Gardine vor und knipst die Nachttischleuchte an, rollt den Teppichläufer zusammen, der mit Eleonors Blut besudelt ist und lässt ihn im Schrank verschwinden. Etwas Blut ist durch den Teppich gedrungen und ins Holz gesickert, aber diese Spuren kann er jetzt ebenso wenig verstecken wie die Blutspur, die zwei Meter weiter quer durch den Raum verläuft.

Hinter ihm öffnet sich die Tür und Eleonor kommt aus dem Bad. In der Hand hält sie die Whiskeyflasche. Das Top ist ihr zu groß, aber es ist sauber. Sie geht zum Bett und kriecht unter die Decke. David setzt sich auf den Fußboden. Ohne, dass sie es ausgesprochen haben, ist wohl beiden klar, dass er in dieser Nacht nicht mehr von ihrer Seite weichen wird. Und morgen? Morgen kommt Harvey. Er wird wissen, was zu tun ist.

»Wie geht es dir?«, fragt er.

Eleonor sitzt im Bett und lächelt ihn müde an. Sie zieht die Flasche unter der Decke hervor und hebt sie in die Luft, als wollte sie ihm zuprosten. »Besser.«

Doch David ahnt, dass der Whiskey die Schmerzen nur schwach zu lindern vermag und dass er erst recht nicht ausreicht, um das Grauen auszublenden.

»Und wie geht es *dir*?«, fragt sie ihn.

Er zuckt mit den Schultern.

»Denkst du an deinen Bruder?« Ihre Stimme ist so leise, dass er es fast nicht versteht.

»Nein ... Ich dachte gerade an meine Mutter. Vorhin, als ... das passiert ist ...« Er bricht mitten im Satz ab.

»Deine Mutter? Was ist mit ihr?«

David rückt ein Stück zur Wand, damit er sich anlehnen kann. »Sie hat mit mir gesprochen. Zum ersten Mal seit ... Hast du ihren Blick bemerkt? Wie seltsam sie mich angesehen hat, kurz bevor sie ging?«

Eleonor überlegt und deutet dann ein Kopfschütteln an. »Nein«, antwortet sie. »Ich hab nicht drauf geachtet. Ich war wohl zu sehr mit Bluten beschäftigt.«

David muss über ihre Antwort lachen. Dann wird er wieder ernst. »Sie hat mir in die Augen gestarrt. So durchdringend, als würde sie direkt in meinen Kopf hineinsehen«, sagt er. »Und ... auf einmal wirkte sie irgendwie ... zufrieden.«

»Du denkst, sie ist froh darüber, dass ihr Sohn tot ist?«, fragt Eleonor ungläubig.

David schüttelt den Kopf. »Nein. Ihr Lächeln hatte nichts mit Felipe zu tun, sondern ... Es kommt mir vor, als hätte sie in diesem Moment irgendwie gespürt, dass ich mich verändere.«

Eleonor zieht die Augenbrauen zusammen, was ihr offenbar keine schlimmen Schmerzen bereitet. »Du meinst, sie hat *das Böse* in dir gesehen?«

David nickt.

»Das ist Bullshit! Wenn sie glaubt, so etwas in deiner Miene gelesen zu haben, irrt sie sich eben gewaltig!« Zitternd tastet sie an den

Pflastern herum, um sich zu vergewissern, dass sie sich nicht von ihrer Haut lösen. David sieht sie an. Das Licht der Nachttischleuchte blendet ihn ein wenig, weil die Glühbirne ein Stück unter dem Lampenschirm herausragt. »Ich denke, meine Mutter ist überzeugt, dass ich es kann … dich töten.«

Statt etwas zu erwidern, stößt Eleonor ein verächtliches Schnaufen aus und wendet den Blick von ihm ab. Sie glaubt ihm nicht. Sie *will* ihm nicht glauben.

David steht auf und öffnet noch einmal den Schrank. Er nimmt ein dunkelrotes Hemd heraus und legt es über den Lampenschirm der Nachttischleuchte. Augenblicklich verdunkelt sich das Zimmer und der Raum wird in ein düsteres, tiefes Rot getaucht. Eleonor sieht zu ihm auf und scheint trotz ihrer eingeschränkten Mimik zu grinsen. »Hey, was hast du vor, Casanova?«, fragt sie in einem eigenartigen Tonfall.

Als David begreift, dass sie auf die zwielichtige Beleuchtung anspielt, zieht er das Tuch hektisch wieder von der Lampe, die daraufhin ins Wanken gerät. Er kann gerade noch verhindern, dass sie umfällt. »Nein, … oh, das war nicht meine Absicht«, stottert er, weicht ihrem Blick aus und setzt sich zurück auf den Boden.

»Warum nimmst du nicht das zweite Bett?«, will sie wissen.

Er betrachtet das schmale Bett, das weniger als einen Meter neben ihrem steht. »Der Boden macht mir nichts aus, wirklich«, versichert er ihr.

Eleonor wirkt irritiert. Ihr Blick wandert hinüber zur anderen Matratze. Zur sorgfältig gefalteten Decke und dem flachen Kopfkissen. »Ist irgendwer gestorben in dem Bett?«, fragt sie leise.

»Nein«, antwortet David schnell. »Gewiss nicht!«

Damit scheint sie sich zufriedenzugeben. Sie greift nach dem Kissen und der Decke und wirft sie ihm zu.

David breitet die Decke aus und legt sich hin. Er hört, wie Eleonor die Flasche auf den Nachttisch stellt und sich dann im Bett bewegt. Sie legt sich zu ihm gewandt auf die Matratze, blickt zu ihm herunter und beobachtet ihn eine Weile schweigend. »Wie geht es dir?«, fragt sie schließlich.

David sieht sie an und zuckt leicht mit den Schultern. Mit den Fingern streicht sie scheinbar unbewusst über die Bettkante. »Ich weiß, dass du traurig bist«, sagt sie. »Er war dein Bruder.«

»Ja, aber er war ... nicht wirklich ein Mensch.« Er verschränkt die Arme unter dem Kopf, um Eleonor besser ansehen zu können. »Es tut weh«, gibt er zu. »Aber ... ich bin auch erleichtert.«

»Wie war er als Kind? Hast du auch schöne Erinnerungen an ihn?«

»Nein«, antwortet er, ohne über ihre Frage nachdenken zu müssen. »In Felipe gab es nichts Gutes. Er bestand nur aus Hass und bösartigem Irrsinn. Schon immer.«

Sie nickt. »Woher kommt das? Warum ist deine Familie so … besessen vom Bösen?«

»Das Böse hat eine starke Triebkraft innerhalb meiner Familie«, sagt David. »Es hält uns zusammen.«

Wieder nickt sie, diesmal zögerlich.

»Es setzt sich von Generation zu Generation über unsere Gene fort und …«

»Nein, David«, fällt sie ihm ins Wort. »Ich glaub nicht, dass es so etwas gibt.«

»Doch …«, antwortet er ruhig. »So ist es immer gewesen. Nur in meinem Fall mussten sie nachhelfen.«

»Du warst noch ein Kind. Sie haben dich fast verhungern lassen und dich *gezwungen*, Menschenfleisch zu essen. Du konntest dich nicht wehren. Niemand hat dir geholfen. Aber du bist trotzdem nicht wie sie geworden.«

Irgendwann setzt sie sich auf, nimmt das rote Hemd vom Nachttisch und drapiert es wieder über dem Lampenschirm der Nachtleuchte. »Ist wirklich gemütlicher so«, erklärt sie und legt sich zurück ins Bett.

»Kannst du etwas dichter kommen?«, fragt sie wenig später, so leise, als wäre sie bereits dabei, einzuschlafen. David rückt näher, bis er direkt vor ihrem Bett liegt. Ihre Hand tastet nach ihm, streicht über sein Gesicht und sein Haar. Kurz darauf ist Eleonor eingeschlafen. Er lauscht ihren ruhigen Atemzügen, spürt ihre zarte Berührung und driftet wenig später ebenfalls in den Schlaf.

Als er das nächste Mal aufwacht, ist es tief in der Nacht. Das düstere rote Licht verleiht dem Zimmer eine eigentümliche, traumartige Atmosphäre. Dann wird ihm bewusst, dass es Eleonor war, die ihn geweckt hat. Sie ist zu ihm auf den Boden gekommen, hat ihr Laken vom Bett gezogen und es über ihnen beiden ausgebreitet.

18

Eleonor findet keine Ruhe. Jedes Mal, wenn sie sich bewegt, seufzt sie vor Schmerz und klammert sich an David. Er erträgt diese unmittelbare Nähe. In Wahrheit empfindet er es sogar als schön, hier mit ihr zu liegen, auch wenn er sich angesichts ihrer Qualen für dieses Gefühl schämt.

Eleonor stöhnt auf und presst sich die Hand auf die schmerzende Wunde. Dann umarmt sie David so innig, als wollte sie in ihn hineinkriechen. Schließlich entspannt sie sich etwas und legt den Kopf auf seine Brust. »Als ich aus dem Bad kam«, flüstert sie, »stand er plötzlich da.«

David streicht ihr über den Rücken. »Es tut mir leid.«

»Er hat mich gepackt ... es passierte so schnell ... als ich den Schmerz spürte, ließ er bereits wieder von mir ab. Ich sah das Blut aus seinem Mund tropfen ... mein Blut ... und bin in Panik geraten. Ich glaube, er hat sich kurz abgewandt und sich gierig die Finger geleckt. Da hab ich das Beil hervorgezogen und ausgeholt ... und ...« Sie weint.

»Er kann dir jetzt nichts mehr tun«, sagt David. Ihm geht durch den Kopf, dass Felipe wohl nicht die Absicht gehabt hatte, sie zu töten. Mutter hatte es ihm verboten. Er wollte nur mit ihr *spielen*. Ein Stück von ihr kosten. Vielleicht war er sogar geschickt worden, um Eleonor Angst zu machen. Vielleicht war genau das hier ihr Plan: dass sie sich verzweifelt und verängstigt in seine Arme flüchtet.

»Wir sollten versuchen, noch ein wenig zu schlafen«, flüstert er.

»Ich bin nicht müde.« Ihr Fuß streichelt sanft seinen. »Schlaf du. Ich werde aufpassen.«

»Sie werden nicht wiederkommen, Eleonor.«

»Dann passe ich auf, dass du keinen Albtraum hast.«

David schließt die Augen und lächelt. »Gut.«

Es ist still. Völlige Ruhe. Er hört nur ihre Atemzüge, und es kommt David vor, als wären sie beide allein in dieser Welt. Als wären sie die letzten Seelen. Traurige, gequälte Seelen.

»Hast du häufig Albträume?«, möchte sie wissen.

»Es ist immer derselbe. Vom Keller«, sagt er.

»Erzähl mir davon«, bittet sie ihn.

David atmet tief durch. »Ich bin im Keller. Angekettet, wie damals. Sie werfen mir ein Stück Fleisch zu, und als ich genauer hinsehe, erkenne ich, dass es ein menschlicher Arm ist. Sie foltern mich, verlangen, dass ich esse. Ich beiße ein kleines Stück Fleisch aus diesem Arm. Es ist widerlich. Ich würge es voller Abscheu hinunter und habe das Gefühl, daran zu ersticken. Aber dann ... löst sich der Ekel plötzlich auf und ich verspüre einen unbändigen Hunger. Ich beginne zu fressen wie ein ausgehungerter Wolf. Es ist ein Traum ... aber es fühlt sich real an.«

»Das haben Träume so an sich«, sagt Eleonor. »Es ist trotzdem nicht wahr.«

»Warum träume ich es dann immer wieder?« Er schiebt sie vorsichtig von sich, setzt sich auf, reibt sich die brennenden Augen und vergräbt das Gesicht in seinen Händen. Als er aufblickt, hockt Eleonor stumm vor ihm und wirkt verzweifelt. Sie will etwas sagen, zögert, und ringt sich schließlich doch dazu durch. »Wenn du mich beißt«, beginnt sie, »vielleicht würde dich das überzeugen, dass da nichts Böses in dir schlummert. Es wird dir und deiner Familie beweisen, dass sie sich irren.«

Zuerst glaubt er, sie hätte einen Scherz gemacht, aber ihr fester Blick verrät ihm, dass es ihr Ernst ist.

»Denk doch mal darüber nach ... es ist völlig logisch«, meint sie.

David schüttelt den Kopf und will sich von ihr abwenden, aber sie legt die Hände auf seine Schultern und rutscht ganz nahe an ihn heran. Er sieht in ihre großen, traurigen Augen.

»Was soll das, Eleonor?«, flüstert er. Er spürt ihre Finger, die sich fester in seine Schultern klammern.

»Beiß mich. Es wird dich anwidern, das weiß ich! Es wird dir klarmachen, dass du kein blutrünstiges Monster bist wie sie.«

»Das ist zu verrückt. Reicht es nicht, was Felipe dir angetan hat?«

Sie lächelt. »Ich sage ja nicht, dass du mich in Stücke reißen sollst. Beiß mich nur ein bisschen. Gerade so, dass ein wenig Blut fließt. Blut *muss* fließen, damit es etwas bringt.«

»Oh, Eleonor«, stöhnt er und reibt sich die Stirn. Ihr Vorschlag ist so abstrus und naiv, wie die völlig an den Haaren herbeigezogene Idee eines Kindes mit überschäumender Fantasie. Sie kann nicht bei klarem Verstand sein. Der Alkohol und der Schock scheinen ihren Geist zu verwirren.

Sie beginnt, am Ausschnitt ihres Shirts zu ziehen und entblößt ihre Schulter. Einen Moment lang blickt David wie paralysiert auf die zarte, leicht glänzende Haut. Eleonor kommt ihm noch näher. Ihre Knie drücken sich an ihn, sie beugt sich ihm entgegen. Er ballt die Hände zu Fäusten, um sich daran zu hindern, sie zu berühren. »Du kannst das nicht ernst meinen.« Seine Stimme ist brüchig. Angst kriecht in ihm hoch. Angst, weil ein Teil von ihm gerade mit dem Gedanken spielt, zu tun, wovon Eleonor spricht.

»Es ist mir ernst«, erwidert sie und klingt ein wenig trotzig. »Ich bin sicher, dass dir dieser Versuch hilft, die quälenden Selbstzweifel loszuwerden.«

Er starrt sie an. Ihre Worte hängen im Zimmer wie Dunstschwaden, die ihn einhüllen. Eleonors Augen füllen sich mit Tränen. Er spürt, wie sehr sie es will. Wie wichtig es ihr ist. Langsam löst sie sich von ihm, legt sich zurück auf den Boden und sieht ihn an. Sie zieht den Stoff des Shirts wieder beiseite und entblößt ihre Schulter. Dann gleitet ihre Hand auf ihn zu, berührt ihn im Nacken und streichelt ihn. Er sieht die Entschlossenheit in ihren Augen und die Angst. Mit sanftem Druck zieht sie ihn zu sich herunter. David wehrt sich nicht dagegen. Er beugt sich über sie. Sein Herz pocht. Seine Stirn berührt ihre. Er spürt ihren Atem auf seinen Lippen. Er kostet den süßen Geruch des Whiskeys, den Duft ihrer Schulter und des Bluts, dessen oberflächliche Spuren sie abzuwaschen versucht hat.

Vorsichtig legt er sich auf sie, streichelt über ihren Hals, fährt mit den Fingerspitzen über ihren Schulterknochen und küsst die Stelle sanft. Die Erkenntnis, dass sie ihm in diesem Augenblick ausgeliefert ist, löst etwas in ihm aus. Wie ein Funke, der etwas Unbekanntes in Gang setzt. Etwas, das er nie bewusst vermisst hat, aber das ihn nun lockt. Der Geruch ihrer Haut vernebelt seine Sinne. Das Pochen in seinem Brustkorb wird stärker. Er spürt den fremdartigen inneren Druck, ein Sich-Anbahnen, und er weiß, dass es etwas Dunkles ist, das aus seinem tiefsten Punkt hervordrängt. Wenn er Worte fände, Eleonor dieses Gefühl zu beschreiben, würde sie das Monster in ihm erkennen …

Er küsst ihren Hals und saugt ihren Duft ein, fährt mit der Hand unter das Shirt und streicht über ihre Taille. Er will mehr. Er will sich fallen lassen, aber er darf nicht die Kontrolle verlieren ... Eleonor schließt die Augen. Ihre Finger gleiten durch sein Haar. Sie zittert.

Und dann geschieht es. Wie von einer inneren Kraft gesteuert, über die er keine Gewalt hat, schlägt er die Zähne in ihre Schulter und schmeckt kurz darauf das warme, süße Blut auf seiner Zunge. Mit all seiner Kraft umklammert er Eleonor, wie eine Würgeschlange ihre Beute. Er raubt ihr den Atem und saugt gierig ihr Blut.

Als er zur Besinnung kommt, löst er sich von ihr. Eleonor ringt nach Luft. David starrt auf die frische Bisswunde, aus der Blut sickert. Noch einmal verliert er sich, schließt die Augen, küsst die Wunde. Er giert nach ihrem Blut und keucht vor Verlangen. Angewidert von sich selbst reißt er sich wieder von ihr los, doch nie zuvor hat er eine solch rohe, intensive Gier verspürt wie in diesem Augenblick. Er will ihr Blut, ihr Fleisch! Er will ihre Knochen bis auf die letzte Faser abnagen.

Eleonor wirkt verstört, aber er sieht ihr an, wie sie langsam begreift. Wie sie begreift, dass seine Dämonen erwacht sind und nun in ihm toben. Mit einer abrupten Bewegung rollt er sich schließlich von ihr, kriecht hastig rückwärts, bis er mit dem Rücken hart gegen die Wand stößt. Er kauert sich auf dem Boden zusammen.

Eleonor atmet schwer. Sie setzt sich mühevoll auf und betastet zitternd ihre Schulter. Sie schiebt das Shirt darüber und verdeckt die Wunde, doch das Blut durchdringt den weißen Stoff in Sekunden.

David ist hellwach und beobachtet jede ihrer Bewegungen. Es kommt ihm vor, als wären seine Sinne auf eine übernatürliche Weise geschärft. Er ist ein Raubtier, das auf den richtigen Moment wartet, um sich erneut auf seine Beute zu stürzen und sie zu zerfleischen. Vielleicht ahnt sie, was in ihm vorgeht. Langsam richtet sie sich auf. Sie wankt leicht, und für einen Moment glaubt David, dass sie wieder zu Boden sackt, aber es gelingt ihr, das Gleichgewicht zu halten. Dann steht sie da und starrt ihn an. Sie wartet scheinbar ab, was er tut. Sein Blick wandert von ihren nackten Füßen an den Beinen hinauf. Er nimmt alles überdeutlich wahr. Jedes Detail. Die Narbe auf ihrem Fußknöchel. Das fast nicht mehr sichtbare Hämatom an ihrem linken Oberschenkel. Das Zittern ihrer Finger und die rhythmische Bewegung ihres Körpers im Takt der keuchenden Atmung. Dann, plötzlich, stürzt sie aus dem Zimmer. Schnell, wie ein Tiger, der seiner Beute nachjagt, stößt David sich vom Boden hoch und folgt ihr. Eleonor stolpert den Flur entlang. Sie reißt die Tür auf und flieht nach draußen in die Nacht.

19

David hat den Empfangsraum fast durchquert, als er langsamer wird und schließlich innehält. Er tritt vor den Wandspiegel und blickt seinem verzerrten Spiegelbild entgegen. Sein Kinn und sein Hals sind blutverschmiert. Mit dem Handrücken wischt er sich über die besudelten Hautpartien und schnüffelt daran. Er empfindet eine ungewohnte innere Ruhe. Nichts drängt ihn zur Eile. Es besteht kein Grund, Eleonor nachzujagen, um sie zu erwischen, bevor sie die Möglichkeit hat, sich vor ihm zu verstecken. Finden wird er sie so oder so. Mit langsamen Schritten geht er nach draußen und sieht sich um. Am Horizont wird bald der Morgen grauen, aber noch ist es zu dunkel, um die Umgebung zu überblicken. David horcht in die Finsternis. Er hat Zeit, um Eleonor zu finden, und er hat Zeit, um diese neuen Eindrücke zu verarbeiten. Jetzt endlich ergibt alles Sinn. Er begreift, warum er sich dieser fremden Frau von Beginn an so stark verbunden fühlte, dass er sich ihr offenbart hat. Wahrscheinlich war ihm unterbewusst schon früh klar, dass sie sein Motel nicht mehr verlassen wird. Er hat es nur nicht erkannt, weil er Angst vor seiner wahren Natur hatte und weil er in Eleonors Gegenwart einfach viel zu angespannt war.

Die Nachtluft ist klar und angenehm. Eine Weile geht er vor dem Haus auf und ab, schleicht um Eleonors Wagen, um die Sträucher, um die großen Kakteen. Natürlich wird ihr bewusst sein, dass ein Fluchtversuch durch die Wüste, barfuß und ohne Wasser, auf jeden Fall ihr Ende wäre. Vielleicht fragt sie sich gerade, ob sie einfach nur in ihrem Versteck abwarten soll, bis er wieder zur Vernunft kommt. David ist sich sicher, dass sie ganz in der Nähe ist. Er malt sich ihre Angst aus und wie sie sich an die naive Hoffnung klammert, dass er sie verschont und sich zurückverwandelt in den eigenartigen, unfertigen Menschen, der er war.

Dieses Katz- und Mausspiel erregt ihn. Seine Lust auf das, was er tun wird, wenn er sie findet, wächst. Wie ein loderndes Feuer, das gerade eben erst entfacht ist und sich nun unaufhaltsam ausbreitet. Er geht um das Haus, hält immer wieder inne und lauscht. Ein paar Schritte vor sich erkennt er schemenhaft die leere Schubkarre. Sein Blick wandert über die Gegenstände, die um den Pool herum verteilt liegen. In der Sekunde erfasst sein Auge einen Schatten, der sich bewegt und hinter einer Kakteengruppe wegduckt. David lächelt. Langsam, sehr langsam, geht er darauf zu. Er bildet sich ein, ihren Puls zu spüren, der immer schneller wird, mit jedem Meter, den er ihr näher kommt. Kurz bevor er die Kakteen erreicht, verlässt Eleonor ihre Deckung und rennt los. Ein Ruck geht durch David. Er will ihr nachlaufen, doch er hält sich zurück und folgt ihr ebenso langsam wie zuvor. Er sieht sie straucheln. Sie stößt einen Schrei aus. David weiß nicht, ob sie über einen Stein gestolpert ist oder sich in einer dornigen Pflanze verfangen hat. Wenige Schritte von ihr entfernt, hält er inne. Sie keucht vor Schmerzen. Er kann erkennen, wie sie sich zu ihm umsieht und dann weiterläuft. Langsamer jetzt. Sie strauchelt immer wieder. Wenn David wollte, könnte er sie in wenigen Sekunden einholen, sie packen und sich auf sie stürzen, aber noch will er es hinauszögern. Er muss an Felipe denken, der es stets genossen hat, mit seinem Opfer zu spielen. Der die Jagd und die Quälereien mehr liebte als das Töten und Fressen. David hat ihn deshalb immer für ein schlimmeres Scheusal als all die anderen aus seiner Familie gehalten, die wahllos und wie im Rausch morden, um ihren Hunger zu stillen. Jetzt kann er Felipe verstehen.

»Eleonor«, sagt er ruhig, als sie vor der Scheune zum Stehen kommt. Sie wischt sich die Tränen aus den Augen. Noch immer hält er Abstand zu ihr. Er fragt sich, ob sie eine vage Vorstellung davon hat, wie er sich gerade fühlt. Was für ein besonderer Moment in seinem Leben das ist. Wie stark die Überzeugung in ihm ist, dass ihre Begegnung genau so vorbestimmt war.

Er setzt einen halben Schritt in ihre Richtung. Eleonor wendet sich ab und beginnt, an der Scheunentür zu rütteln. David genießt ihre wachsende Panik. Er ist sicher, die Tür vorhin fest geschlossen zu haben, sodass es nur mit großer Gewalteinwirkung möglich ist, sie zu öffnen. Doch sie schafft es!

»Geh nicht da rein, Eleonor!«

Sie hört nicht auf ihn und zwängt sich durch den Türspalt ins Innere der Scheune. David eilt zu ihr, reißt die Tür ganz auf, bleibt aber am Eingang stehen. Trotz der Dunkelheit erkennt er Eleonor. Schwer atmend steht sie in der Mitte der Scheune, umringt vom Geröll der herabgestürzten Balken und Bretter. Sie scheint nach oben zu blicken und sich dann umzusehen, als suchte sie eine Fluchtmöglichkeit aus dieser Falle. Sie bückt sich und hebt etwas vom Boden auf. David erkennt die Axt. Onkel Ed muss sie hier hereingeworfen haben, nachdem er sie aus Felipes Schädel gezogen hat. Davids Muskeln spannen sich an. Er macht sich bereit für ihren Angriff, aber er fürchtet sich nicht. Sie ist verletzt. Es wird leicht sein, sie zu überwältigen und ihr die Axt zu entreißen. Und dann wird er endlich …

Eleonor holt aus und schlägt die Axt in den Balken, der direkt neben ihr gefährlich schräg emporragt. Als David begreift, was sie vorhat, ist es bereits zu spät. Sie will die Scheune zum Einsturz bringen! Ihm schießt der Gedanke durch den Kopf, dass sie wahnsinnig sein muss und dass sie das hier für ihn tut. Um zu verhindern, dass *er* sie erwischt. Um zu verhindern, dass er zum Monster wird. Aus Leibeskräften zerrt sie an der Axt, doch sie steckt zu fest. Eleonor schreit vor

Schmerzen, vor Anstrengung, vor Verzweiflung. Der Balken ächzt. Holz knirscht über ihnen. Noch einmal brüllt David ihren Namen. Er starrt hinauf, sieht die löchrige Holzdecke wie in Zeitlupe niedersinken. Automatisch weicht er zurück. Und dann sieht er, wie herabstürzende Bretter Eleonor unter sich begraben.

20

Es ist taghell in Harveys kleinem Wohnzimmer. Der süße Geruch von Vanille liegt in der Luft. Eleonor sitzt in dem Sessel, den Harvey für sie ans Fenster geschoben hat, und blickt nach draußen. Seit dem Unfall hat sie kein Wort gesprochen und David fragt sich seither, wie viel sie von ihrer Umwelt überhaupt bewusst wahrnimmt. Aber er hofft, dass es sie ein wenig unterhält, aus dem Fenster zu sehen und Harvey dabei zu beobachten, wie er den lieben langen Tag auf dem Hof vor sich hin werkelt.

»Guten Morgen, Eleonor«, sagt David leise und kniet sich neben ihr auf den Teppich. Statt der Mullbinden verdeckt nur noch ein Pflaster die Wunde auf ihrer Wange. Harvey meint, die Heilung schreitet gut voran. David streicht sanft über Eleonors Unterarm, doch sie blickt scheinbar teilnahmslos durch ihn hindurch. Ihr Haar ist nicht mehr verfilzt, sondern stets sorgfältig frisiert. Heute trägt sie das gelbe Kleid mit den Holzknöpfen, das ihr wie die meisten Sachen, die Harvey besitzt, zu groß ist. Er hat ihr eine bunte Perlenkette um den Hals gelegt und ihre Fingernägel rot lackiert. Die schneeweißen Strümpfe an ihren Füßen scheinen neu zu sein. Es sind Sachen, die Eleonor sich selbst vermutlich nie ausgesucht hätte. Doch Harvey kümmert sich gut um sie. Er hat ihr das Bett im Gästezimmer bereitet. Er badet sie, gibt ihr zu essen und frische Kleidung, er liest ihr aus Groschenromanen vor und abends, wenn sie gemeinsam fernsehen, wählt er ein Programm, von dem er glaubt, dass es ihr gefallen würde. Er ahnt nicht, dass sie sich in jener Nacht vor David in die Scheune geflüchtet hat und nicht vor seiner Familie.

Irgendwann wird David seinem Freund die Wahrheit sagen, doch bisher hat er es nicht gewagt. Er kommt jeden Tag, um Eleonor zu besuchen. Manchmal fragt er sich, ob sie sich nur verstellt und insgeheim auf eine Gelegenheit wartet, zu entkommen. Aber dann sieht er in ihre leeren Augen und kommt jedes Mal zu dem Schluss, dass das Unsinn ist. Harvey hält ihren Zustand für eine Art Wachkoma – ausgelöst durch die Kopfverletzung oder durch den Schock, den sie erlitten hat. Er meint, dass sie alles, was um sie herum geschieht, in ihrem Unterbewusstsein mitbekommt und er hält es für möglich, dass sie irgendwann wieder gesund wird. David hofft, dass sein Freund recht behält. Oft stellt er sich vor, wie es sein wird, wenn sie erwacht, und er fiebert dem Tag entgegen.

Er legt den Kopf auf ihren Schoß und schließt die Augen. Seine Mutter hatte all die Jahre recht.

Das hat er jetzt verstanden, doch wenn er an die Nacht zurückdenkt, erscheint es ihm noch immer unbegreiflich, wie diese überwältigende Triebkraft des Bösen so plötzlich Besitz von ihm nehmen konnte. Ebenso wenig kann er sich erklären, wie es möglich ist, dass sich diese Gier nach ihrem Ausbruch so schnell beruhigt hat, wie ein kurzer, zerstörerischer Orkan, der sich auf einmal wieder legt. Eleonor hat diese dunkle Saite in ihm zum Klingen gebracht, und gewissermaßen hat sie ein Gleichgewicht innerhalb seiner Familie hergestellt, das zuvor gefehlt hatte. Seit jener Nacht empfindet er eine tiefe Ruhe. Das neue Vertrauen, das seine Mutter und Onkel Ed ihm entgegenbringen, stärkt sein Selbstwertgefühl. Die Unsicherheiten, die Ängste und Zweifel sind Vergangenheit. Er wird nicht mehr gegen seine Natur ankämpfen. Gegen die düsteren Gedanken und Gelüste, denn sie sind ein Teil von ihm.

David hebt den Kopf und blickt in Eleonors große, traurige Augen. Niemand vermag vorauszusagen, wann sie wieder erwacht. Und letztlich ist sie in ihrem gegenwärtigen Zustand, hier in Harveys Obhut, am sichersten. Sicher vor seiner Familie. Sicher vor ihm.

Mehr von Anna Gasthauser?
Bisher sind folgende weitere Romane erschienen:

Godeks Keller
Die Liebe der Kellerwesen
Kein Mensch und Sara
Wie Laborratten
(Mystery)

Kleine heile dreckige Welt
(Psychodrama)

Schnapsladennächte
(Liebesroman)

Lange Zeit hat es John Godek geschafft, die Erinnerungen an seinen grausamen Vater zu verdrängen, der einst junge Frauen im Keller des Hauses gefangen hielt, sie quälte und schließlich tötete. Als John der Geist einer Frau erscheint, glaubt er zunächst, dass er langsam den Verstand verliert. Doch Ann ist eines der Opfer seines Vaters ... Bald ist John gezwungen, sich den schrecklichen Erinnerungen zu stellen - und auch seiner eigenen Schuld. Und während er herauszufinden versucht, was damals wirklich in Godeks Keller geschah, geht er durch seine ganz persönliche Hölle.

"Godeks Keller" ist kein gewöhnlicher Geisterroman. Es ist die Geschichte zweier trauriger Seelen - surreal, anders und mitreißend spannend.

Furcht vor dem Übernatürlichen - ein Gefühl, das Lydia bisher nicht kannte. Sie hat die Erfahrung gemacht, dass das wahre Leben weit erschreckender ist, als es Geister oder Untote je sein könnten. Doch als sie den mysteriösen Firmenkeller betritt, taucht sie in eine fremde Welt ein, die sie in Angst versetzt und gleichzeitig fasziniert ...

Benno, der junge Hausmeister, hat es sich zur Aufgabe gemacht, die Geheimnisse des Kellers zu bewahren. Er ist ein Einzelgänger und hält sich die Menschen so gut es geht vom Hals, bis die Büroangestellte Lydia in sein Leben stolpert und seine Gefühle gehörig durcheinanderbringt. Bald sind es nicht mehr die Kellerwesen, die er schützen muss, sondern Lydia. Denn ein unheilvoller dunkler Mann streckt bereits die Finger nach ihr aus und zieht sie immer tiefer in seinen Bann.

Eine außergewöhnliche Geschichte voller Mystik, Spannung und Leidenschaft.

In naher Zukunft.

Die sechzehnjährige Sara ist auf sich allein gestellt. Ihr Alltag wird bestimmt von der Willkürherrschaft der KLPO, von Gewalt, Elend und Einsamkeit.
Nach dem Selbstmord ihrer Tante übernimmt sie wider Willen die Verantwortung für deren VyO Jim – einen künstlichen Menschen.
Geschöpfe seiner Art werden von der KLPO gejagt und getötet – ebenso wie die, die ihnen helfen.
Als Sara erkennt, dass Jim weit menschlicher ist, als sie erwartet hat, beschließt sie, ihn zu schützen – und bringt sich selbst in größte Gefahr.

Ein dystopischer Jugendroman über eine ungewöhnliche Liebe in einer düsteren, erbarmungslosen Welt.

Der junge Kneipenbesitzer Chris und seine einzige Angestellte Lucie können sich nicht ausstehen. Zwar ist da eine Anziehungskraft zwischen ihnen, die sie mit jedem Tag deutlicher spüren, doch beide kämpfen dagegen an.

Kein leichtes Unterfangen! Denn die Arbeit in der kleinen, schummrigen Bar zwingt die beiden, die Nächte miteinander zu verbringen. Und bald geht es nicht nur in der Kneipe, sondern auch im Gefühlsleben von Lucie und Chris, drunter und drüber!

Arthur und seine jüngere Schwester Jane sind auf sich allein gestellt. Sie vertrauen nur einander. Und sie hüten ein dunkles Geheimnis: Vor Jahren begingen ihre Eltern im Badezimmer Selbstmord.
Um nicht voneinander getrennt zu werden, verheimlichen Arthur und Jane den Tod der Eltern und versuchen, das Bild der vollständigen Familie nach außen aufrechtzuhalten.

Das Leben ist hart. Es ist geprägt von Armut, Gewalt, Verwahrlosung und der Angst vor dem Tag, an dem die Wahrheit ans Licht kommt. Nur in ihrem eigenen Mikrokosmos, abgeschottet von der Welt, sind die beiden glücklich. Doch die Bedrohlichkeiten der Außenwelt lassen sich nicht auf ewig fernhalten. Und als Arthurs Liebe zu Jane immer gefährlichere und zerstörerische Ausmaße annimmt, drohen die Mauern ihrer kleinen heilen Welt einzustürzen.